郑大故事

（2024年度）

《郑大故事》编委会　编

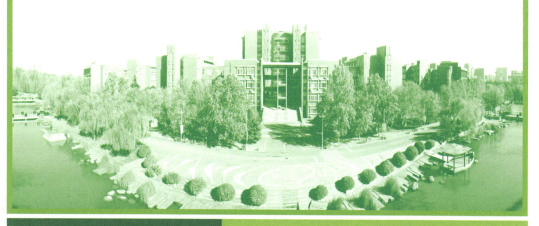

郑州大学出版社

图书在版编目（CIP）数据

郑大故事. 2024 年度 /《郑大故事》编委会编.
郑州：郑州大学出版社，2025.5. -- ISBN 978-7-5773-
1186-9

Ⅰ．I253

中国国家版本馆 CIP 数据核字第 2025HP3546 号

郑大故事（2024 年度）
ZHENGDA GUSHI（2024NIANDU）

策划编辑	卢纪富		封面设计	苏永生
责任编辑	吴　静		版式设计	苏永生
责任校对	樊建伟		责任监制	朱亚君

出版发行	郑州大学出版社		地　　址	河南省郑州市高新技术开发区
经　　销	全国新华书店			长椿路 11 号（450001）
发行电话	0371-66966070		网　　址	http://www.zzup.cn
印　　刷	河南文华印务有限公司			
开　　本	710 mm×1 010 mm　1 / 16			
印　　张	12		字　　数	183 千字
版　　次	2025 年 5 月第 1 版		印　　次	2025 年 5 月第 1 次印刷

书　　号	ISBN 978-7-5773-1186-9		定　　价	58.00 元

编委会

序

岁序更替,华章日新,弦歌不辍,素影拾光。翻开《郑大故事(2024 年度)》,一个个故事、一幅幅照片带着岁月沉香,勾起了郑大人踔厉奋发、赓续前行的珍贵回忆。

2024 年是中华人民共和国成立 75 周年,是学校全面落实"十四五"规划和"双一流"建设任务的攻坚之年。在教育部、河南省委省政府的坚强领导下,在全省人民和社会各界的大力支持下,郑大人始终坚守"求是担当"的校训,扛起"强国建设、郑大有为"的时代责任,锚定"两个关口",投身到教书育人、科研创新、服务社会的事业当中,在教育强国建设支撑引领中国式现代化的新征程上奏响郑大华章。

在过去的一年里,学校以习近平新时代中国特色社会主义思想为根本遵循,认真落实党的二十大和二十届二中、三中全会精神,纵深推进立德树人高质量行动计划、党建强基提质行动计划,以"学科建设年"为统揽,实施"221 战略",持续推进学科建设"三大计划"等,以滴滴汗水凝硕果,以缕缕微光绽华芒,镌刻下耀眼的奋斗答卷,一流大学建设呈现高质量发展:新增国家级人才 31 人,新增国家重点研发计划首席科学家 5 人;本科生连续 13 年获宝钢教育奖优秀学生特等奖;ESI 整体排名全球 203 位、内地高校 22 位,化学学科入选"101"计划;"无氨氮钼冶金新技术"协议转化金额 6000 万元;中国国际大学生创新大赛(2024)精彩呈现"河南三分钟"并接旗承办 2025 年大赛……笔端蕴情、墨韵含香,每一个卓越成就的珍贵瞬间,我们都用心镌刻。

从学科竞赛的激烈角逐，到体育比赛的热血拼搏，从文艺晚会的全力以赴，到教书育人的点滴时刻，《郑大故事（2024 年度）》以最真挚的笔触，勾勒出师生们在逐梦路上的奋斗图景，编织出一幅丰富多彩、充满活力的校园画卷。丰富的细节描绘和生动的语言表述，将郑大校园生活栩栩如生地展现出来，使读者仿佛漫步在郑大的校园中，与师生一同经历那些精彩瞬间。

在校园活动之外，一系列鲜活灵动的人物形象也随之跃然纸上。他们或是崭露头角的研究者，或是全力拼搏的运动员，或是默默奉献的教职工，或是追逐梦想的莘莘学子……每一个人物，都承载着独特的故事与经历，他们以自身的行动诠释着郑大人的精神品质。这些人物形象就像校园生活的一个个缩影，折射出郑大人的情感世界与梦想追求，让读者深入领略郑大的校园文化和人文精神。

这一年，各类典范熠熠生辉，涌现出许多感人肺腑的事迹——9 名大学生不惧挑战，以极低的概率从五万支队伍中脱颖而出，斩获国家级一等奖；科研团队攻克"卡脖子难题"，实现助企赢利和科研奉献的双向奔赴；校友投身返乡建设，守望田野，以无悔青春助力乡村发展；宿舍管理员在平凡的后勤岗位上热情服务，默默守护，成为学生眼中的"超人妈妈"……这些感人的故事汇聚成郑大记忆中最璀璨的篇章，滋养着郑大人的灵魂，激励着郑大人为国家和社会的进步不断努力，砥砺前行。

随着时间的推移，许多记忆会逐渐模糊，但文字永不褪色。《郑大故事（2024 年度）》以文字为载体，将郑州大学一年间发生的那些美好回忆永远定格，让我们在岁月的流逝中，依然能够触摸到那些曾经的温暖与感动。那些或欢声笑语的，或奋斗拼搏的，都是平凡而又珍贵的瞬间，都是饱含激情与梦想的岁月。

岁月失语，文字有声。逐页翻阅此书，郑大校园里蓬勃生长的青春故事扑面而来，有同窗间真挚的情谊，有师生间深厚的传承。它们如同一束束温暖的光，照亮了郑大的每一个角落，诠释着责任与担当的力量，让我们从中找到属于自己的那份感动。

日月其慆，时光不待。在机遇与挑战并存的时代，郑州大学始终以勇立潮头之姿,深耕科研创新,全力推进一流大学建设,在教育强国建设的浪潮中奏响属于郑大的激昂乐章。《郑大故事(2024 年度)》承载着时代与校园的印记和精神,每一个故事都见证了郑大在时代浪潮中的坚定脚步。我们期望借《郑大故事(2024 年度)》将这种奋斗不息的精神传承下去,激励着更多人在时代的洪流中砥砺前行。

让我们翻开《郑大故事(2024 年度)》,感受郑州大学的温暖与力量,感悟郑大人共同造就的辉煌成就。今后,我们会持续讲好郑大故事,书写属于学校事业发展史上的壮丽篇章!

《郑大故事》编委会

2025 年 3 月

目录

积淀与超越篇

守望与拓新篇

耕耘与收获篇

积淀与超越篇

"一切成绩和荣誉都归国家"
——记何季麟院士捐赠 300 万元设立"麒麟奖学金"

2024 年 6 月 16 日,中国工程院院士、中原关键金属实验室主任、郑州大学教授何季麟,向郑州大学捐款 300 万元,设立"麒麟奖学金"。

"您已经 79 岁了,没有想到把这 300 万留给自己的孩子吗?"面对媒体的询问,何季麟院士平静而淡然地说:"这 55 年来,在党的关怀和各级组织的帮助下,我取得了一些成绩和荣誉,这一切都归于党和国家。"

"我取得的奖励来源于科技,也想把它反哺到科技领域。这点儿资金很微薄,希望尽微薄之力,奖励优秀学子,吸引更多青年才俊投身材料科学事业,勇攀科学高峰,为我国的科技进步与社会发展奉献青春,贡献力量。"

图 1　何季麟院士为郑州大学师生做报告

"何季麟院士捐赠 300 万元设立'麒麟奖学金',体现了甘为人梯、奖掖后学的科学家精神。何院士的境界、格局、胸怀,为全校师生树立了光辉典范,将极大鼓舞青年学生,为国家科技进步和社会发展奉献青春力量。"郑州大学党委书记别荣海对何季麟院士高度赞誉。

图 2　校党委书记别荣海(右)代表郑州大学接受捐赠

孜孜以求　从贫困生奋斗为"稀有"院士

捐赠仪式后,何季麟院士给大家带来了一场别开生面的课——材料人同上一堂爱国主义课,分享其成长经历与科研心得。

1945 年 9 月,何季麟出生于河南省开封市,家里兄弟 5 人,自小家境贫寒。

"何院士常常跟我们分享年轻时的故事。"材料科学与工程学院执行院长王海龙说,"为了养家糊口,参加完高考他就到建筑工地上干小工。在开封南大门拉板砖时,有个大坡上去费力,很多人就花 5 分钱请人助力,为了挣到这 5 分钱,何季麟院士在距离坡顶还有二三百米远的地方就开始加速跑,用尽全力冲上去。"

拿到北京钢铁学院的录取通知书,他揣兜里一个星期不敢告诉父亲,母亲体弱多病,读大学意味着家里少了一个劳动力,徒增家庭负担。最后,在大哥的鼓励与父母的默许下，他才去上了大学。

1969 年，何季麟从大学毕业，怀揣着"党的需要就是我的第一志愿"的信念，响应国家号召来到宁夏石嘴山下刚建成的 905 厂——一个军工配套钽铌铍冶炼与加工的小厂。

从校园到工厂，何季麟从零起步，自我加压，努力钻研，开始了稀有金属领域孜孜探求的人生之路。

20 世纪 60 年代，905 厂引进的是日本生产工艺，日本钽粉工艺比电容量仅为 2000～3000 μFV/g。"为了改变这种现状，1970 年我们便开启了钽、铌制备技术的自主研究开发工作，并迅速攻克难题，将钽粉比容提高到了 8000 μFV/g，完全淘汰了日本工艺。"何季麟难忘当年的技术攻坚。

20 世纪 80 年代，正值军工企业转民用，905 厂需要适应形势，改造生产技术工艺。为了寻求企业的发展之道，何季麟便去国外考察，想引进新的生产线。但到了国外，进入厂房遇到了困难。"他们绝不会在世界的东方培植一个新竞争对手。"何季麟深受触动，立志进行钽、铌材料的自主研发。经历了无数个不眠之夜后，何季麟和团队成员终于取得了成千上万个技术数据。最终，产品一次性送样就通过国际认证。

团队坚持科技创新，2001 年后，钽、铌产业已具有自主知识产权，成为世界钽、铌金属领域"前三强"。经过近 30 年发展，钽丝综合质量水平和市场占有量均居世界第一位，钽粉居世界第二位，钽制品、铌制品等 20 余种产品走出国门。

905 厂从一个小厂成长为我国最大的钽铌生产厂家、跻身为"世界钽业三强"。同时，何季麟也从一个普通研究人员成长为"稀有金属"领域的院士。50 多年来，他从事有色、稀有金属冶炼与加工理论和工程化技术的研究开发工作，研究开创了具有自主知识产权的钽铌金属冶炼、加工工艺、技术与方法并实现了工程化应用，获得国家技术发明奖二等奖、国家科学技术进步奖二等奖等奖项。

老骥伏枥　花甲之年开启人生新征程

"十年前,我应邀来到郑州大学,回到老家河南,开启了我科研工作第二阶段的新征程。在这里,我感受到了现代化河南建设的蓬勃生机,也亲历了郑州大学在创建世界一流大学进程中的很多重要时刻。"回忆过往,何季麟院士感慨万千。

2015 年,何季麟院士以学科首席特聘教授的身份来到郑州大学,担任新成立的河南省资源与材料工业技术研究院院长,旨在培养一批有色金属冶金与材料方向的人才,服务河南有色金属产业。2019 年,何季麟院士担任郑州大学材料科学与工程学院院长和河南省资源与材料工业技术研究院院长。

"河南是人口大省,何院士掏心掏力想把我们学科建成一流学科,把我们学校建成一流大学。"材料科学与工程学院党委书记王瑞波说。何季麟院士身边的工作人员深切感受到了他情系桑梓、心系家乡的情怀。

来到郑州大学之后,何季麟院士首先对学校材料学科的现状进行了全面了解,结合河南省的优势产业进行学科布局,围绕"服务国家战略需求、服务河南有色金属产业",布局了金属与合金靶材、氧化物靶材、高纯金属制备、铝绿色冶炼、镁绿色冶炼等 8 个新的研究方向。

完成学科方向布局之后,紧接着就要考虑技术问题。没有技术怎么办?他就在国内寻找研究人才并根据新的布局方向引进各专业人才。近 10 年时间里,团队成员重视基础研究的同时,强化成果应用转化,累计获得各类纵横项目 40 余项,入账经费近 1 亿元。

何季麟院士带领团队不断凝练研发方向。堂"我听得最多的就是要多谋划、多创新,通过产学研用紧密结合,打造独具特色的研究团队,干一件大事。"王海龙说。在此基础上,郑州大学周密部署、严格论证组建了"先进靶材研究中心",并着力打造国内领先、国际先进的研发团队。"何院士给我们确立了一个靶材梦,即做出一两种靶材,解决一两项'卡脖子'问题,将靶材推广应用到国家经济主战场,在先进靶材研究领域占有一席之地。"

在何院士的带领下,郑州大学建立了"绿色选冶与加工国家地方联合工程研究中心"和"资源材料省部共建协同创新中心"两个国家级研究平台。他带领郑州大学材料科学与工程学科取得突破性进展,2017 年学校资源材料学科入选国家"双一流"建设序列,学科排名大幅度上升,ESI 排名进入全球前千分之 0.266,位居全球排名第 37 位。

干一件大事　攻克 ITO 靶材"卡脖子"关键技术

"2020 年,我们荣获国家技术发明奖二等奖。河南省政府、郑州市政府分别给予 100 万元的科研奖励,我本人又自筹了 100 万元,共计 300 万元,设立材料学科'麒麟奖学金'。"何季麟院士深情地说。

本次捐赠的资金中,占重要比例的就是何季麟院士领衔主持的项目成果——平板显示用高性能 ITO 靶材制备关键技术及工程化。

各种显示屏如手机屏幕、电脑显示器、平板电脑等,不仅可以导电发光,还可以幻化出形式各异的文字和静态、动态的炫目影像,奥妙全在于显示屏玻璃上涂装的一层透明导电薄膜。这层膜背后就有一块看不见的"靶"材料。ITO 膜的厚度仅有 30 纳米到 200 纳米,它先被制作成标准尺寸的靶材,由磁控溅射高速撞击,将其气化溅镀到玻璃基板上形成一层膜。

ITO 靶材是制约我国工业发展的"卡脖子"技术之一。它又称为氧化铟锡材料,不仅用于有机发光显示和触控面板,还用于太阳能电池和抗静电镀膜、EMI 屏蔽的透明传导镀膜等,在全球拥有广阔应用市场。中国是铟资源大国,但 80% 靶材市场被日本、韩国垄断,原材料大量出口到日本、韩国,我们再高价购买他们的靶材产品,这种 ITO 溅射靶材几乎全部从日本、韩国进口,一公斤价格高达 8000 元。国内没有一家能做超过 32 英寸的靶材,烧不出大号靶材,中国平板显示制造就仰人鼻息,这是深刻的大国之痛,也让何季麟心痛。

日本、韩国对我国进行技术封锁:技术保密、装备不卖、无资料可查。为了解决这个"卡脖子"技术,20世纪90年代中期,在何季麟院士的带领下905厂率先开始研发氧化物靶材。自2015年来到郑州大学,何季麟院士继续深耕已坚持20余年的两个领域:一个是半导体集成电路用的金属与合金靶材料,一个是平板显示方向上所用的氧化物靶材料;持续研发这两大材料并实施产业化。"这是党和国家关注的、卡脖子的、重点需要突破的关键技术。"何季麟院士说。他组建了自己的研究团队,从原先的仅有7位科研人员,发展到现在的40多位科研人员。

团队自己合成原料、自主研发,形成了一条和日本、韩国不同的工艺路线,申请了知识产权和国外专利。这项成果使中国ITO靶材制备实现了从无到有、自主研发、并跑超越,打破了国外技术封锁,加快了国产化进程,为靶材料中国制造到中国创造做出了示范引领性贡献,最终赢得了2020年度国家技术发明奖二等奖的荣誉。

2022年,郑州大学牵头组建中原关键金属实验室,何季麟院士担任实验室主任,以77岁的高龄带领研究团队冲锋在科研第一线。2023年,在前期研究基础上,他带领研究团队,与905厂共建"稀有金属特种材料全国重点实验室",助推我国关键金属与靶材领域实现创新和发展,为服务国家重大战略做出积极贡献。

传承后学　点点滴滴皆表率

对郑州大学资源材料学科而言,何季麟院士的贡献不仅仅是落在纸面上的数字。他在哪里,他的影响力便带到了哪里。

为了资源材料一流学科建设,在攻破一些科技难题时,他时常带领团队在协同创新中心楼上工作到深夜,凌晨回家是很常见的事情。"我们时常围在他办公室的会议桌上一起吃盒饭。"团队成员宋建勋教授说。有时和团队师生一起工作到凌晨,很多青年老师都熬不住了,何季麟院士依然坚守一线。他做过心脏手术、患有糖尿病,大家多次劝他注意身体,但他仍然选择坚持。"他为国家的需要而努力,为集体的需要而奉献,以集体的荣耀而荣耀,殚精竭虑,无私拼搏。国家科技进步奖答辩结束,他就直接去了医院。

这种求是担当精神深深感染了我们这帮年轻人。"王海龙说。

材料科学与工程学院 2018 级付振华师从何季麟院士攻读博士。回忆如何成为何季麟院士的博士研究生，他颇有感触。报考博士研究生时，付振华找到了何季麟院士的邮箱，发送了一封简历，竟然接到了何季麟院士亲自打来的电话，付振华难以置信。之后，在与何季麟院士的接触中，付振华更真切地感受到了何季麟院士的平易近人。

"他先后指导研究生 60 余名，并坚持为本科生上导论课，从贺兰山下的故事讲起，激发本科生的材料报国梦。"何季麟院十的秘书车玉思说。在他的带领下，团队于 2022 年入选"全国高校黄大年式教师团队"。

何季麟院士生活简朴，格外低调，在郑州大学校园里可以时常见到他一个人骑着或推着一辆轻便型电动车，与普通老人无异。有时候加班到很晚，也是一个人骑着电动车回家，佝偻着身体跨上小小的电动车，风雨无阻，让人敬佩。

郑州大学实行年薪制薪酬。但何季麟院士坚决拒收，称"只愿为学校多做一点儿贡献"。虽是古稀之年，他多次带领团队赴卢氏县开展科技帮扶，向品学兼优的高中生现场赠送自己签名的院士寄语卡和爱心红包。"何院士是科学家精神的传承者、教育家精神的实践者，而且还是热心公益事业的'社会活动家'。"提及何季麟院士，王瑞波赞不绝口。

2021 年何季麟获评"全国优秀共产党员"后，受邀给学校师生做报告。他语重心长地叮嘱大家："创新发展、高质量发展时不我待，要振奋精神、团结奋斗，抓牢接力棒，勇敢肩负起历史赋予我们的使命责任，努力把郑州大学建设成世界一流大学，努力为党和人民做出更大的贡献！"

"何院士心系后学用情至深。2020 年，我还是化工学院党委书记时，邀请何院士为化工学院全体新同学上开学第一课，没想到何院士爽快答应了。"校党委常委、副书记王利国回忆道，"此次捐赠，我们曾多次劝他考虑考虑，因为他家庭也很朴素，但他还是坚持捐赠。我们对此都很感动。"

校党委常委、副校长胡少伟表示："这笔奖学金将由郑州大学教育发展基金会负责管理，用于郑州大学材料学科相关专业本科生、研究生的助学金、奖学金。"

"接下来,我将再接再厉,努力为国家材料科技和材料产业发展多做贡献,不负国家的培养,不负学校的信任与支持。"展望未来,何季麟院士依然壮志满怀。

（李艳丽　撰稿　图片来自受访者）

走进激光等离子体的世界

——记亚太等离子体物理青年科学家获奖者万阳教授

回忆起得知自己获奖时的心情,万阳毫不掩饰地表达了自己的惊喜之情,并谦虚地表示:"我也没想到自己能够获奖。"在第七届亚太物理学会等离子体物理大会上,来自亚太及欧美地区的 1000 余名学者到场参会。大会公布了本届亚太等离子体物理青年科学家奖(U40)获奖名单,郑州大学万阳教授因在激光离子加速关键物理研究以及激光尾场加速先进诊断技术研发方面具有突出贡献,成为激光等离子体方向的唯一获奖者。他是郑州大学首位获得该国际荣誉奖项的青年学者,也是本届大会上最年轻的获奖者。

图1　万阳教授荣获第七届亚太等离子体物理青年科学家奖

"偶然"中蕴含着"必然"

2023 年 5 月,抱着"试一试"的心态,万阳将自己的学术成果呈报给大会组委会。"青年学者们完全有机会挑战国际奖项来锻炼自己,要勇敢尝试。"万阳展现了他的谦逊与对青年学者的期望。

万阳亲和的脸庞总是带着浅浅的微笑,干练整洁的打扮更显得他年轻有活力。自信、落落大方、有条不紊,是万阳给人的第一印象。

今年 35 岁的万阳教授,是典型的别人眼中的好孩子。2008 年,理科成绩一直名列前茅的万阳在清华大学工程物理系开启了自己的本科学习之旅。他说:"本科期间,我比较喜欢在图书馆自习,因为在那儿不仅可以查阅资料,偶尔也可以翻翻'闲书',当作学习之余的一点儿调味剂。"清华的老图书馆是 20 世纪初建校时一直保留下来的建筑。这里陈列着已经有百年历史的桌椅,它们表面斑驳却又镌刻着一届届学生刻苦学习的故事。

大二一次偶然的机会,万阳接触到了辐射探测器设计实验,这让他对粒子射线诊断产生了浓厚的兴趣。这个实验其实是给粒子探测器研发一个自动采集数据的软件。万阳自查资料学习 LabVIEW(程序开发环境)的使用方法。"花费了大概两三个月,成功实现了探测器和程序之间的匹配以及软件界面功能的应用。虽然过程有些费力,但最后看到探测器按照指令采集粒子束的信息,我还是非常开心的。"通过这次经历,他发现"科研其实没有那么高不可攀,就把它想象成垒砖头、砌楼阁的过程,积少成多,精雕细琢,就会有意想不到的收获"。

在大四上学期,万阳到清华工程物理系新成立的激光等离子体加速器实验室参观。新型加速器领域奇妙的物理规律和巨大的应用潜力如同无形的手,紧紧地抓住了万阳的心。博士阶段结束后,万阳进一步钻研的渴望如离弦之箭,冲破重重顾虑,降落在了以色列。在这里,他加入了国际激光加速领域著名科学家维克多·马卡(Victor Malka)教授的新团队。在以色列的5 年时间里,他带领团队完成了平台建设和指标验收,并进一步取得了多个重要性科学成果,使得这种新型加速器的性能得到很大提升,这让万阳开始思考如何让这项技术在我国真正落地应用。加之收到国内博士导师的盛情邀请,万阳重新启程,这一站,他来到了郑州大学。

源于兴趣　始于汗水

"我们都知道物质有固、液、气三态,其实还有一种神秘的第四态:等离子体状态。如果把本来都是原子分子构成的物质用激光电离,就会在激光尾部产生一个具有强大能量的尾波场用来加速粒子,这就是我的研究方向——激光等离子体尾波加速器。"一提到激光等离子体的研究,万阳就滔滔不绝。他的手一遍遍在空中描绘令他心驰神往的物理模型,目光炯炯,闪烁着他对科研本身最质朴、最纯真的向往。

"兴趣"一词是串联起万阳与物理学科的一根线。万阳幼时的科学偶像是爱因斯坦,他希望自己有一天也可以被人称作科学家。后来与等离子体"共舞"的十多年又缘起于他大三时与博士导师的邂逅。万阳在参观学习时被"小小身材蕴藏大大能量"的激光等离子体加速器深深吸引。他了解到目前世界上最大的加速器大型量子对撞机(Large Hadron Collider, LHC)长达27公里,而这项研究有可能把现有加速器的大小缩小1000倍以上。万阳说:"我认为这项研究非常有趣和有意义,如果能把加速器真的做成一个指甲盖大小,那将是多么划时代的壮举啊!"

兴趣的种子要用辛勤踏实的汗水去浇灌才能开出理想的花。"面对未来这个议题,我觉得需要先走下去才能看见前路,就像面前有一条充斥着迷雾的道路,不去走而光设想有哪些路径可以通往所谓的成功,那道路前面就永远堵着一团迷雾。"万阳这样比喻自己从大学一路走到现在的信条,"读博刚开始的时候,其实我是很迷茫的,总在想我到底适不适合科研,未来十年会发生什么。可是怎么也无法想清楚。"后来,他逐渐意识到一直这样只会变得焦虑,"想不清楚就先不想,做就对了",先把眼前可以做的事情做好,"一步一个脚印",慢慢地,未来的路就看清楚了。

当问到学习或者做科研时有没有特别灰心的时候,万阳谈到了读博期间一次令自己特别抓狂的经历。当他在推导某个理论模型时,困在了某个节点上，一年时间都没有进展。最后，导师开导他，让他把这个问题暂时先搁置一边，做点儿别的工作。这样一方面可以理清思路，另一方面也提振了信心。没想到，在几个月后，他读到一本 20 世纪 80 年代的等离子体书时，发现了可借鉴的新思路，在一个月之内就把之前困扰自己许久的问题解决了。他把相关成果发表在物理学领域的顶级期刊 *Physical Review Letters* 上，引起了国内外同行的关注。

他还诚恳地告诫青年们，不要急功近利，厚积才能薄发。要专注在一两个主要的研究方向深入探索，不要遍地挖但又挖得不深。人的精力是有限的，能做好一两件事，已经很了不起了。

回馈家乡　倾心贡献

"我的两位导师对科研事业都有非常纯粹真挚的热爱和使命感，这让我很受感染，也希望自己能在这个领域做些实实在在的贡献。"2023 年 12 月，万阳正式成为郑州大学物理学院学科特聘教授。"因此，我来到郑大，加入'中原之光'。""中原之光"即超短超强激光平台，是河南省谋划建设的首个大科学装置。该项目采取"郑州大学与清华大学合作模式建设，项目建设和管理由郑州大学为主负责"的方案。

"作为河南人，我回到家乡，希望能够贡献自己的一份力量，能产出一些有引领性和原创性的科研成果，为家乡的发展添砖加瓦。"万阳自豪地说，"可能以前要绕地球一圈才能做一个超大规模的加速器，但现在我们能尝试用一个很小的尺度去实现它。"这是一个令人振奋的突破，也是他们持续努力的结果。

粒子加速器作为探索物质本源的重要工具，自发明以来就在前沿粒子物理的探索中发挥着关键作用。例如，欧洲核子中心的大型强子对撞机在 2012 年成功发现希格斯玻色子（Higgs boson），为基本粒子标准模型的验证提供了关键证据。此外，基于加速器的技术在医疗、工业和安防等多个与国民经济和社会发展紧密相关的领域中得到了广泛应用。然而，传统的粒子加速器技术面临着规模和成本的巨大挑战，因此，人们一直致力于探索具有更强加速能力的新加速原理以期降低未来加速器的成本与规模，其中非常有吸引力的一个方向即激光等离子体加速器。由于等离子体没有击穿风险，这种尾波结构具有超过传统射频加速器 1000 倍以上的加速梯度并且接近光速运动，可在极短距离内将粒子加速到很高能量。而能不能把这样一个基于激光等离子体的新型加速器技术真正落到实处？能不能把它往前沿粒子物理和民用产业落地的方向去推？万阳是这样想的，他的研究也是这样做的。他的目标是增强河南省在激光等离子加速技术和相关前沿应用领域的整体影响力。

他表示，科研项目其实并没有想象中那么难、那么高深，它是由一个个具体的工作组成的，所以不必畏惧，要勇于尝试。本科生阶段的学习，对以后科研方向的选择很重要。开展科研，除了课本知识，还需要大量的课外知识储备，需要建立自学和探索的能力，所以自主性在科研工作中非常重要。"我一直希望我做的东西能有实用性，而不是摆在象牙塔里供人观赏。所以，产业转化是我们后面重点发展的方向之一。"万阳诚恳地说。

万阳以谦逊的态度看待荣获本届亚太等离子体物理青年科学家奖，他认为这仅仅是科研道路上的一次鼓励。"有则欣然接受，无也没关系。"他表示，这并不影响他的科研工作。他早已走进激光等离子体的世界，用心发现其中的无穷乐趣，永葆对科研的热情。借助郑州大学的大科学装置平台，他希望有更多年轻人加入进来，一同学习分享激光等离子体加速器的奥秘，一同为家乡、为祖国做出贡献。

（魏沁雯　严静然　羊　琦　撰稿　图片来自受访者）

热爱是所有问题的答案
——记中国书法兰亭奖创作奖获得者、郑州大学书法学院教授马健中

"当一个人真正热爱一样东西时，是没法控制的。有热爱才有信念，有信念才有坚毅。"郑州大学书法学院马健中教授说。2024 年，第八届中国书法兰亭奖评选结果揭晓，郑州大学书法学院马健中教授荣获中国书法兰亭奖创作奖。

作为当代中国书法界的最高荣誉，中国书法兰亭奖是经中共中央办公厅、国务院办公厅和中共中央宣传部批准设立，由中国文联和中国书法家协会共同主办的书法领域全国性最高个人成就奖，是中国文联 12 个常设全国性文艺评奖之一，旨在表彰和奖励在书法领域取得优异成绩的德艺双馨的书法家，每四年举办一届。本届兰亭奖书法创作方向参评作者 2007 人，理论研究方向参评作者 198 人，最终评选出 69 位获奖及入选作者。

图1　书法学院马健中教授

此次获奖，不仅是马健中个人艺术造诣的展现，更是郑州大学书法、河南书法的综合实力体现。谈及几十年的书法生涯，马健中表示："热爱是所有问题的答案。"

"从记事起便喜欢写字"

在马健中记忆深处，每当春节来临，孩子们都在嬉戏玩耍时，他总守在村里一位老先生身旁，全神贯注地看他写春联。小学时，班级开设毛笔字课，他满心好奇："那绒毛般柔软的笔尖，怎么能写出刚劲有力的'颜体字'？"正是这份好奇心，引领着马健中踏入了书法世界。

马健中出生于豫南确山县一个偏远落后的小山村，那里条件简陋。为了练习毛笔字，未满 16 岁的他，用蛇皮袋、炊帚和小铲子，刮遍全村锅底灰，自制墨汁。没有纸张，他便向邻居借来化肥袋内膜，自己动手裁剪，制成简易的练字纸。练完字后，用抹布一抹，再重复使用。有时，他还尝试自制毛笔，在村里的墙壁、家门口的石板上书写。正是凭借这些简陋的"发明"和坚韧不拔的意志，马健中一次次克服了学习书法中的重重困难。

后来，在一步步的探索中，马健中慢慢认识到写字和书法不是一回事。写字是日常规范性的书写，而书法则需要在正确书写的基础上，赋予汉字美的内涵。

1987 年，19 岁的马健中抱着试试看的心态参加了"理想奖中华学生书法竞赛"。出乎意料的是，他获得了中学组全国一等奖，并得到媒体的报道。这次经历激励着他怀揣着更深沉的热爱之心，坚定地在书法道路上走下去。

读研究生时，马健中先后出版了《巩县石窟北朝造像题记及其书法研究》和《巩县石窟寺北朝造像题记六品》两部专著。

近年来，他又接连出版了《马健中跋临〈颜真卿争座位帖〉》《马健中跋临王羲之〈十七帖〉》等书法专著。这些专著是他多年来教学、研究、创作的集中体现，凝聚了他的书学思想及实践能力，反映了他对书法艺术的不懈追求。

"近年来健中在教书育人的同时，倾注大量的心力做'经典法帖的跋临系列'。凭借自身文献学功底和过硬的笔墨功夫，结合自己多年学术实践、课堂教学与自己的心得体悟对经典法帖进行跋临。其解析将形与神、法与理结合得恰到好处，其跋语温和中有洞见，清淡中见真味，闪烁出独特的学术思想。"中国书法家协会名誉主席、郑州大学书法学院名誉院长张海对这三本著作高度肯定。

"马健中教授在碑学与帖学的审美映照下，熔铸文人性情；以魏晋风度驱驰翰逸神飞，以金石之音落笔化形；故而，在笔墨轻盈洒脱，帖学风味醇厚中，又蕴蓄一种浑厚苍茫之力。点画清真，有奔雷坠石之奇；仪态萧然，有绝岸颓峰之势；一种书卷之气，充盈笔墨之间，展疏狂文人之不拘性情。"著名学者孟云飞对马健中高度评价。

"不停地否定自己提升自己，才能强大"

"入选兰亭奖，对我来说是个惊喜。"马健中说。报名兰亭奖需要提交三幅作品，当时马健中正全力筹备两个展览，展览时间与兰亭奖参评时间冲突，他书写得十分匆忙，并没有像往常一样对作品反复打磨。即便如此，最终结果仍令人满意。"这次创作的心态是，现在年龄大了，没有了羁绊，笔墨蓬勃活泼，甚至心无挂碍地去写。思想更解放，情感抒发更自由，能做到功夫和心性统一，审美和表达结合了。"马健中表示。

"宝五峰冠军奎，藏有墨迹一卷，字较包刻经稍小，诚所谓铁画银钩，无纤毫败笔。"在创作此次入选兰亭奖的作品《竹叶亭杂记》时，马健中选择了最能触动其心灵的一部分。"这段文字记载了对前人书法的认识、古代名作的流传等，内容也与兰亭奖主题相得益彰。"马健中说。

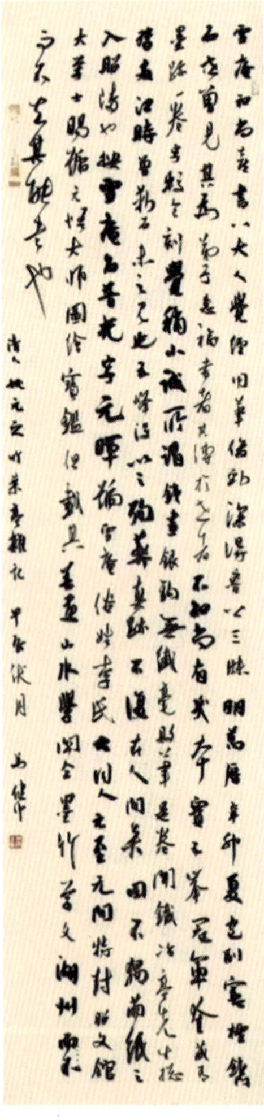

对王羲之《兰亭序》中 21 个"之"字写法各异的用意，马健中有深刻感悟。为将这份感悟付诸实践，他解析笔法，日积月累地练习，从一个点画、一个单字、一行字到一篇字，都尽力做到变化多样又能浑然一

图 2　马健中入选作品《竹叶亭杂记》

体。"要在感悟古意的基础上更深刻、全面地练习,要把自己的手法与古人的手法相接近,把自己的心态和古人创作的心态相结合。"他说。

马健中也强调,他始终秉持一种创作理念——不重复自己。书法家可以有一个主导风格,但如果将自己所谓成功之作奉为精品而不再改变,那么他的路子就会僵化。"要不停地否定自己,不断地提升自己,朝这个目标往前走,才能强大。"2015 年全国第十一届书法作品展览,马健中用颜真卿的行书风格书写《历代职官选抄》;2019 年全国第十二届书法篆刻作品展览,马健中则节选《后汉书·孔融传》进行隶书创作。

过去的马健中,凭借对书法的热爱而勤勉练习;现今身为高校书法老师,他则结合自身专业特点与优势,深入探究、剖析文化内涵,旨在让书法承载更丰厚的内容。

"让每个学生都开自己的花,结自己的果"

在书法创作以及书法教学中,马健中总结了一套自己的经验:"三古一体",即感悟古意、掌握古法和活用古法。

首先要感悟古意,感受作品的古朴气息,这是一种审美感受能力。其次是掌握古法,通过分析、练习,掌握并呈现出古意的具体方法。最后是活用古法,是指在感悟古意和掌握古法的基础上随机应变,让当下的作品体现古意,呈现古法,变幻无穷。"要让广大学生了解经典的厚重,使他们更加全面地进行手上表达。"马健中说。

马健中最重视学生发展。他依据每一位学生的特长、兴趣等因材施教。二十人的班级,一堂课上会有十多种风格各异的名帖,让学生们任选临摹。对此,马健中表示:"千万不能固定到一本字帖上,老师的任务就是引导,让每个学生都开自己的花,结自己的果,这接近教育的本质,也是教育的最理想状态。"

身为 2015 级本科生的班主任,当发现没有排行书课程而学生们又有迫切需求时,他主动、自发地为学生们补课,每周十节,坚持了将近一学期。课时很多,不可避免地会占用课余时间。但看到老师真心为学生付出,学生们

积淀与超越篇

都积极主动、高度配合教学工作。"虽然增添这些额外的课程任务让我变得更忙，但每当我想起这件事，都觉得非常值得。"马健中说。

有心人，天不负。他的教学工作硕果累累。2019年12月，马健中和自己指导的研究生庄千恒的作品代表郑州大学书法学院，双双入选全国第十二届书法篆刻作品展。同年，马健中也荣获第十届郑州大学学生"我最喜爱的老师"称号。

马健中身兼中国书法家协会行书专业委员会委员、民盟中央美术院河南分院副院长等职，他的作品曾获得全国第八届书法篆刻作品展"全国奖"，全国第四届扇面书法艺术展"优秀奖"，全国第二届、第三届书法百强榜"十佳"等多项荣誉，他的大量荣誉证书放在屋里一个不起眼的角落里，唯独把学生"我最喜爱的老师"奖杯摆放在最显眼处。对此，他笑着说："这是我最珍视的一个荣誉，比兰亭奖还重要！"

"竺香续燃，神思凝聚真草隶篆；临池不辍，笔墨蕴介盘纡钩环。甘守杏坛，春风化雨滋润拳拳心田；常护青灯，莲性高洁濡染正气清风。"正如"我最喜爱的老师"颁奖词所言，马健中始终把"热爱"作为激励自己在书法道路上坚定前行的动力。他也鼓励大家享受书法之美，提高书法水平。"书法是汉字的高级形态，是中华文化的独特表现艺术，是无言的诗、无形的舞、无图的画、无声的乐。我们要练好书法，传承弘扬中国书法的传统文化。"

（李艳丽　蔡子慧　王仪文　撰稿　图片来自受访者）

"热爱和拼搏的决心才是保持年轻的法宝"
——记体育学院(校本部)中国高校"教授杯"
网球比赛两位冠军教授

2023年10月15日,首届中国高校"教授杯"网球比赛在河南省体育场馆中心网球场落幕。来自全国各高校的81组教授角逐网球双打赛场,通过三天两个阶段的比拼,展开了178场比赛,决出各组名次。最终,来自郑州大学体育学院(校本部)的翟小巧、李静教授夺得此次比赛的女子双打冠军。

图1　翟小巧(右四)、李静(右三)教授获中国高校"教授
　　杯"网球比赛女子双打冠军

李静教授是郑州大学高水平网球队的主教练，也是体育学院网球专业课的指导老师。回首比赛的历程，她感叹："这次比赛打下来十分不容易。不过现在看来，对网球的热爱和拼搏的决心才是保持年轻、取得成功的法宝。"翟小巧教授是郑州大学篮球教练，她说："体育精神就是要力争去赢，这次代表郑州大学荣获冠军，国家体育总局、《中国体育报》都有报道，能为学校争光，非常开心。"

李静年轻时曾是河南省网球队的运动员，已许久未与赛场打交道。翟小巧则是把网球作为一种爱好。虽然两人都几年没打比赛，但年轻时的那股冲劲还是让李静和翟小巧毫不犹豫地报了名。

由于日常工作繁忙，李静和翟小巧对赛场发挥有所担忧，在比赛前几周去学校里的网球场进行训练，寻找赛场感觉。"技术和体力肯定是比不上年轻的时候了，但是获胜的劲头还是一点儿都没减。"

比赛分为小组赛、半决赛和决赛三个环节。凭借着专业的网球技能水平，李静和翟小巧一路过关斩将，获得了决赛的入场券。但令她们意外的是，在决赛中竟然又碰见了小组赛的对手。她们深知，虽在小组赛中侥幸战胜了对方，但实际上对方与自己的实力不相上下。李静与翟小巧不由得捏了一把冷汗，紧握住手中的球拍，眼睛密切地注意着球的走向，高度专注地投入赛场。

"不管怎么样，只要站在网球场上，比赛一开始，你就只能向前走。"比赛刚开局，李静和翟小巧就连输两分落后于对方。不过作为久经沙场的"老将"，她们都知道稳定心态的重要性，开局虽失利，但只要保持平和心态继续稳定发挥，扳回比分并不是难事。在接下来的两局里，李静和翟小巧沉着应战，成功捕捉到了对手的防御漏洞，很快就将比分扳至持平。比分持平后，李静和翟小巧虽再次连丢两分，但在二人紧密的配合下，很快就扭转了战局。网球在空中来来回回，飞出了美丽的抛物线，随着现场热烈的欢呼声，她们扳回比分，最终以 6：4 的成绩战胜对手，赢得了比赛的冠军。

"在比赛中取胜肯定是一件值得骄傲的事情，毕竟这也是对自身实力的认可。"年纪的增大、工作的繁忙、家庭的琐事、时间的紧凑……在解决诸多事务之余，她们争分夺秒地到室外的网球场练习。辛苦但却值得。翟小巧说:"网球不是我的专业,为了打好比赛,我锻炼的次数就比李静教授多些,只要没事就去网球馆。"她每天都会特意进行两个小时左右的训练来让自己保持足够的体力。无论是在赛场上还是在赛场下,她们都对体育运动保持着极大的热情,以拼搏的态度对待自己热爱的网球事业。

在紧张备赛的同时,李静和翟小巧也始终不忘自己的本职工作。李静不仅是郑州大学高水平网球队的主教练,还是河南省学生体育总会网球协会秘书长,负责河南省中小学、高校各项网球运动赛事的筹备工作。翟小巧今年59岁了,是一名有37年教龄的高校教师,她每周有12节课的教学工作量,坚持把教书育人放在第一位。"课堂上不仅仅是让学生锻炼身体,更主要的是让学生掌握一种或多种健身方法,让其将来走到工作岗位上能够自己进行锻炼。同时在课堂上对学生进行吃苦耐劳、顽强拼搏、坚强的意志力、集体主义荣誉感等思想品德的教育。"

"网球是一项值得终身坚持的运动,这项运动不限年龄与技术,大家都可以积极参与其中。"李静说。所谓终身体育,就是指一个人终身进行身体锻炼和接受体育教育。翟小巧就是这样的一个例子,她从小打篮球,30多岁后,考虑到篮球是一种身体强对抗的运动,年龄大了不适宜天天打,就去尝试了其他运动。接触到网球后,就喜欢上了。"网球像有一种魔力,一沾上就'戒不了'。"网球作为一种隔网运动,无须身体接触,能够适应各个年龄段参与者的体力和心理特点,并凭借着普遍性和可控性受到人们的喜爱。"从六七岁的儿童到七八十岁的老年人都能够进行网球运动,这就是所谓的普遍性,"李静介绍,"而不同年龄阶段有不同的训练方式,则为可控性。"翟小巧讲述,太原市网球协会有个老人90岁还在打,身体很好。"只不过他跑得慢一些,球速也慢一些,因为打网球时,人的跑动速度和球的速度都可以由打球者自己来控制。"

网球运动的普及推广不仅可以传达终身运动的观念,也能进一步提高国民身体素质。翟小巧倡导广大师生:"让运动成为一种习惯、一种爱好。培养了这种习惯之后,你每天不去锻炼会觉得缺少点儿什么。每天锻炼一小时,健康工作五十年,幸福生活一辈子。"

一直以来,郑州大学工会、教职工网球协会始终坚持"强身健体、服务大局"的宗旨,倡导积极健康的生活理念,不断丰富教职工的业余文化生活,推广普及教职工网球运动。"校工会和网球协会都为我们参与各项赛事给予了很多支持和帮助。"李静说。这场比赛之后,11 月 19—23 日,她们又代表郑州大学参加了在山西太原举办的第二十届中国高校"老教授杯"网球比赛,并再次荣获女双冠军。

热爱可抵岁月漫长,岁月的流逝并未让她们放弃心里的那份执着,她们仍继续坚持在体育教学一线,教授、普及、推广网球体育运动,为郑州大学体育运动发展贡献力量。

（李艳丽　吴晨曦　王佳倪　撰稿　图片来自受访者）

你尽管努力，机遇与美好终将来临

——记郑州大学最年轻的正高职称获得者杨秋霞

2023 年 8 月，杨秋霞通过郑州大学"求是"人才计划，作为直聘研究员入职郑大。2024 年 4 月，她便申报正高职称，并顺利通过研究员职称评审。28 岁的杨秋霞成为郑州大学最年轻的正高职称获得者。

"很幸运，也非常感谢学校给我机会，让我能够更加坚定且自信地在科研路上走下去。"她强调自己并不是别人所说的什么"天才"，只是一个很普通的求学者。

一心想着怎么把书读好

1995 年，杨秋霞出生在河南周口的一个农村家庭，爸妈没什么文化，农忙时在家种地，其余时间外出打零工补贴家用，她和两个弟弟在家由奶奶照看。

杨秋霞上学前班时只有五岁，太小的她不愿意去上学。由于没有代步工具，只能走路，从家到学校步行要二十分钟，奶奶就背着她哄她去。有年冬天天降暴雪，厚厚的积雪没过膝盖，奶奶顶着严寒冒着风雪背她去上学，这令杨秋霞印象非常深刻，也触动了她。从那时起，小小的她就一心只想着怎么把书读好，考上好大学。

后来，她如愿考上了兰州大学。2017 年本科毕业，她成功获得保研资格,以直博生的身份进入湖南大学化学化工学院学习,师从谭蔚泓教授,并提前博士毕业,在之后两年的博士后时光里,她取得了优异的成绩,申请获得 3 个国家级项目——中国博士后科学基金会博士后创新人才支持计划、中国博士后科学基金会第 72 批面上资助项目、国家自然科学基金青年科学基金,在 TOP 期刊 *National Science Review* 上发表了 1 篇学术论文,并获得 1 项专利。

在这个神奇而又充满魅力的领域,我对科研充满干劲儿

杨秋霞的研究领域是用核酸适体进行肿瘤的靶向治疗。目前,肿瘤治疗的一种重要方式就是化疗。化疗会存在脱发、流鼻血等毒副作用,导致这种现象的重要原因就是化疗药物没有靶向性,对肿瘤细胞和正常细胞的识别准确度不高,药物在杀死肿瘤细胞的同时,也杀死了很多正常细胞。杨秋霞的研究就是要解决这样的难题:"利用核酸适体与不同的靶标发生特异性结合,给一些药物分子装上'子弹头',使其具备定向巡航的功能,及时识别肿瘤细胞,把药物定向带到病变部位。"

如何识别肿瘤细胞与正常细胞?杨秋霞解释,一些物质在肿瘤细胞上的表达量会比正常细胞高。"高效识别后,去往肿瘤细胞部位的药物分子更多,正常细胞部位的更少,这样就能减弱毒副作用,实现药物的靶向治疗。"

在科研过程中,几乎每天都会遇到各种各样的困难,化合物合不出来,实验结果与预期相反,细胞状态不好,等等。对杨秋霞来说,科研中遇到困难简直是"家常便饭",但她有"兵来将挡、水来土掩"的勇气。"科

图 1　杨秋霞参加中国化学会第 34 届学术年会

研就是一次次的失败与继续尝试的过程。在这个神奇而又充满魅力的领域，我对科研充满干劲儿。"她经常在实验室一待就是一整天，困了就趴在休息室的桌子上休息一下，然后又马上进实验室继续工作。

功夫不负有心人。围绕这一研究方向，杨秋霞取得了一系列科研成果。

2022年，她便在导师谭蔚泓教授的带领下，与同事一起开发出全球首款基于核酸适体的抗原检测试剂盒，该试剂盒的准确率为99.9%，并顺利完成产品定型，获得专利和欧盟CE认证。另外，她还在导师谭蔚泓教授和王雪强教授的指导下设计合成了核酸适体-药物偶联物，探究了连接子依赖的偶联物毒性机理，为核酸适体药物偶联的设计提供依据；系统研究了核酸适体的连接使药物毒性增强的普适性以及毒性增强的原因，为核酸适体药物偶联的发展奠定一定的基础。该研究成果发表在 *Journal of the American Chemical Society* 上，并获得了2项国家发明专利。

我们和河南双向奔赴

作为一名河南人，杨秋霞毕业之后还是想回家乡工作。"我是化学出身的，李蓬教授是研究生命科学的，我对化学与生命科学交叉的方向很感兴趣，想做交叉领域研究，用化学的知识去研究生命科学领域的基础课题，看是否碰撞出意想不到的火花。"

在朋友介绍下，她了解到李蓬教授组建了天健先进生物医学实验室，主攻代谢性疾病的研究，正好实验室可以提供充足的科研条件，郑州大学成了她的第一选择。

2024年，河南省根据《关于加强和改进优秀青年专业技术人才队伍建设的若干措施》等文件精神，启动了首批优秀青年专业技术人才高级职称考核认定工作，鼓励35岁以下科研工作者积极申报。经过学校推荐，河南省人力资源和社会保障厅组织专家评审，杨秋霞以过硬的业绩条件顺利通过，成为郑州大学最年轻的正高级职称获得者。

"河南对创新的重视、对人才的渴望，实验室提供的高水平科研平台以及浓厚的创新氛围,吸引我们这样的年轻人来到这里。这是我们和河南的双向奔赴。"杨秋霞说。

她对李蓬教授和赵同金教授与她们天健实验室年轻教师开组会的场景印象深刻。身为郑州大学校长,李蓬教授每天公务繁忙,但仍保持着对科研的敏感与执着,定期抽出时间与她们开课题研讨会,对年轻教师的课题进行十分细致的指导,正如李蓬教授所说,"做科研要一丝不苟,数据之间要有逻辑性"。

由学生转变为青年教师,杨秋霞对自己的定位很简单:"我是一个科研工作者,主要工作就是做实

图2　杨秋霞和她所指导的硕士研究生

验、带学生。"接下来,她打算继续提高自己的科研能力,把所学的知识应用到代谢性疾病的研究中,开发出新技术去探索疾病发生发展机制,为药物开发提供新靶点和新策略。

杨秋霞的成功是郑州大学做好人才引育的一个缩影。近年来,学校持续优化人才发展环境,引育人才。自主设置优秀人才绿色通道,对海内外高层次人才和急需紧缺人才,单列标准、单列指标、单独评审;实施学科特聘教授、青年拔尖人才、"求是"科研人员年薪制,增强薪酬政策竞争力;赋予人才学术自主权、团队组建权和管理参与权……一系列措施见效显著,青年人才创新活力持续迸发。2024年,学校6名博士后入选中国博士后创新人才支持计划,入选人数并列全国第18位。在第一届、第二届全国博士后创新创业大赛中共斩获3枚金牌,2024年学校被授予集体记大功荣誉。郑州大学高层次创新型青年人才培养质量不断提升,创新创业活力不断释放,为学校世界一流大学建设和河南省创新驱动发展战略的实现提供了更强有力的人才保障。

"你若盛开,花香自来。不必过分焦虑,你尽管努力,机遇与美好终将会来临。"杨秋霞说。对于充满朝气的郑大学子,她希望同学们好好珍惜时光,不断充实自我,从而让自己更有底气和勇气去迎接未来的一切。

（李艳丽　羊　琦　撰稿　图片来自受访者）

积淀与超越篇

让分子可根据需要剪裁设计
——记化学学院"助企教授"王向宇老师

　　"我们开发的新一代多级孔钛硅分子筛催化剂关键技术，已成功实现了工业化生产，并助力很多企业取得了良好的经济效益。"当记者走进郑州大学工业催化研究所，研究所所长、郑州大学"百名教授助百企"创新发展专项中的一员、"助企教授"王向宇兴奋地向我们介绍。

图 1　化学学院王向宇教授

　　2023 年 8 月 7 日，工业和信息化部发布了《石化化工行业鼓励推广应用的技术和产品目录（第二批）》，其中包含 28 项技术/产品，由郑州大学化学学院教授王向宇率领团队研发的高性能微球钛硅分子筛催化剂，位列其中。

分子筛课题组的实验室不大，井井有条地摆放着一排排的瓶瓶罐罐和各种仪器，很难想象，能够生产数千吨、助企赢利数十亿的产品，是在这个三四十平方米的房间中研发出来的。寻常的外表下，该实验室却藏着很深的"高科技"。

自主创新攻克分子筛卡脖子难题

分子筛是一种多孔材料，顾名思义，它可以对分子进行筛选，将不同大小和形状的分子进行识别和分离，具有非常强的分离、吸附和催化功能。"打个比方，分子筛像一个蜂巢。在其内部设计有针对性功能的空间和通道，反应分子进入分子筛孔内被激活、剪裁、组合、加工等，进而加快反应速度和提高产物收率。"王向宇说。

国际上公认的钛硅分子筛法生产技术被发达国家长期垄断，技术不转让，产品价格昂贵。即便如此，国外的催化剂仍存在一些问题，催化剂生产技术"门槛高"、工艺复杂，存在活性低、分离难、较多废液等难点。

10 多年前，学院组织教师去企业考察。在一家企业中，王向宇发现该企业花了几十亿元购买国外成套生产线设备，但其中的核心技术——催化剂生产技术被垄断，企业需要持续购买国外价格昂贵的催化剂，这限制了企业发展。"我深受触动，我们必须自主研发，打破国外技术垄断，努力攻关分子筛生产技术研发，实现自主创新。"王向宇说。

在实验室，团队深扎工夫，经过数千次甚至万次以上长时间的实验验证，最终，他们做出系列创新，研发的"微球型钛硅分子筛"有诸多优点，如原料丰富，成本低，原材料主要是硅，而硅是地球表面第二丰富的元素，仅次于氧，能降低成本 82%；活性高，转化效率高，能达到 99.99% 的行业最高指标；耐腐性强，易捕捉、节能……

于是，团队自 2004 年开始研发，历时 16 年，终于攻克了这项技术。"和学校一般作息不同，我们团队每周上六天班。"采访中，王向宇不经意的一句话流露出该团队的工作常态。

积淀与超越篇

"项目能深入转化应用比拿多少钱、多少奖都高兴"

"无论项目大小,能够转化应用,对团队来说都是莫大的鼓励和慰藉,这种喜悦比拿多少钱、多少奖都高兴。"王向宇说。

30年前,王向宇就开始了校企合作工作。"去助企,很荣幸,也有一定压力。我们作为博士、教授,去企业能否给人家帮助,能否为他们解决一些实质问题,也是有一些顾虑的。"王向宇表示。通过不断和企业接触,王向宇带领团队在解决各种问题中研发攻关,实现了大大小小的科研成果转化应用,使团队能快速为企业把脉问诊,找到问题症结,很多企业慕名来谈合作。

图2 王向宇在企业工作

近十年来,该分子筛技术的工业应用不断扩大,技术广泛应用于尼龙基本原料的清洁生产。"主要应用于尼龙6,尼龙6的全球市场每年800万吨至1000万吨,常见用途是工程塑料和锦纶服装。"王向宇说。

目前,由团队研发的环己酮氨肟化专用钛硅分子筛催化剂,已成功应用于中国平煤神马集团、鲁西集团、山东东巨化工股份有限公司等多家企业的己内酰胺生产装置。

"近几年,应用该技术催化剂的己内酰胺生产装置年产能为120万吨,国内市场占有率达到1/3,为企业合计新增效益64亿元、新增利润超过10

亿元。"王向宇介绍。

"双向奔赴的努力，大家都会很开心"

"企业，要效益要利益。我们作为大学教师，要有知识要有能力，要为社会做一些贡献。这样双向奔赴的努力，大家都会很开心。"第一次荣获科技进步奖时，王向宇对企业说了这样的话。

"我们公司与王向宇教授的合作从 2015 年开始。"河北某上市公司副总刘常青提及王向宇时，赞誉有加。校企合作后，公司有了自己的"技术+设备+催化剂"系列产品，在催化剂方面的技术能力、创新能力明显提升。为了加快推进合作项目的进展，王向宇经常牺牲休息时间，为公司有关技术人员进行培训、答疑、解惑。公司不仅提高了一次性的销售收入，还依靠催化剂形成稳定的连续收入，提升了公司在行业中的声誉和地位，并促使公司参加国家组织《环氧丙烷能耗限额标准》制定，为行业进步做出贡献。

2021 年 3 月初，一个项目的中试放大实验急需在外地合作工厂进行。当时由于疫情防控，当地只开放一个宾馆，离工厂比较远，食宿很不便。王向宇每天开车带团队早出晚归，坚持工作在工厂一线。

"王老师每天都在车间忙碌，和工人一样，一身汗一身尘，就这样在工厂待了一个月，在疫情中抢时间，顺利完成了中试放大实验。"学生杨许可提及那段日子依然记忆犹新。

中国平煤神马控股集团有限公司、鲁西催化剂有限公司、河北美邦工程科技股份有限公司……王向宇带领团队走过的足迹，遍布河南、河北、山东、山西、江苏等多个省份，数十个企业都与之有技术合作开发和技术应用的服务。

结合多年的校企合作经验，王向宇写下了这样的深刻思考："科技人员就应大胆走出去，到企业第一线去，为企业把脉定向，解决难题，在实践中研究和创新，真切地体会到学生培养、科学研究的方向性和社会价值感。"

（李艳丽　撰稿　图片来自受访者）

挚爱的白大褂　牵挂的妇幼人

——郑州大学第三附属医院刘俊英的一生妇幼情

　　她，是别人眼中的好孩子，中考时被保送，大学毕业顺利留校；她，是同事眼中的"铁人"，一天三五台手术不在话下，一天一顿饭也再正常不过。

　　在家人眼中，她是全胃切除 8 个月后就急着坐诊的"拼命三郎"；在学生和一代代后辈心目中，她是郑州大学第三附属医院（河南省妇幼保健院，以下简称郑大三附院）妇幼守护路程中，一盏指引妇产科前进的明灯。她，是刘俊英，一个低调自强、不服输的"妇幼人"。

图1　刘俊英（右）在门诊查看患者检查结果

优秀的人在哪里都出彩

一个人的优秀，从小就能看出，而刘俊英就是这样的人。

初中毕业时，因在校成绩好，刘俊英从 400 多名同学中脱颖而出，获得保送安阳县第一高级中学的资格。高考时，她顺利考入河南医学院（现郑州大学河南医学院），并最终在 615 名毕业生中，成为 21 名留校生中仅有的两名女生之一。

"我可能就是干啥事都比较认真，对人也比较诚恳。"说起自己曾被保送和留校的原因，刘俊英如是说道，而她的认真和诚恳却也体现在方方面面。

作为妇产科毕业的实习生，她到遂平县人民医院锻炼，遇到患者子宫破裂大出血亟须输血但血站匹配血型不足时，二话不说就捋起袖子伸出胳膊："抽我的吧，我是医学生，我是 B 型血。"被问起来自哪个学校，她支支吾吾不愿讲。事情随后被学校获知，学校还专门写了篇文章登于校报。

"抽了 350 mL，我觉得那都是应该做的，更不应该因为这个获得什么表扬，毕竟我就是学医的。"刘俊英一直低调，即便曾于 1986 年随援外医疗队前往赞比亚工作两年，在缺医少药的情况下挽救了一个又一个生命，但若非外人提及，她也很少讲述那段艰苦的日子，"学医本身就是为病人服务，讲啥条件？"

往前冲的"刘铁人"

1994 年，她来到郑大三附院，除了有工作发展需要的考虑外，离家近也是重要因素之一。"因为我老伴在郑州大学第一附属医院工作，家在这儿，上下班更方便。"可渐渐地，离家近成了刘俊英"以科室为家"的助推器。

数据显示，刘俊英每年的手术量在 500 台左右，退休后，她全年手术量还保持在 500 ~ 600 台。有些手术难度大，一站就是一天；再遇到点儿紧急情况，根本顾不上吃饭，经常是早上吃完饭进手术室，等吃上第二顿饭，天都已经黑了。

积淀与超越篇

妇产科忙，正常。可这样高强度的工作，干着不累吗？"累啥，当医生应该这样做。只要有危重病人，就要不顾一切扑上去抢救。"刘俊英这么说，也是这么做的。

待产室，一产妇子宫破裂大出血，她将待产室变手术室，启动紧急预案，并在床旁守着患者，一夜未眠。她说："看着患者心里踏实，看着患者好转，心里会很激动。"下班后接到同行求助电话，她打车前往，并一路陪伴护送患者到医院……

"不管是年轻大夫还是老大夫，只要遇到这种临危患者，大家都是往前冲。"因为总想着往前冲，刘俊英还得了一个"刘铁人"的绰号，"大家都觉得我身体素质好，连轴转都没问题。"可彼时的刘俊英却藏着一个秘密：她的身体已经给出预警。

2014年，工作期间觉察到身体不适后，刘俊英到医院做了检查，最终被确诊为胃癌。而在此之前，她已经经历了子宫切除、甲状腺切除、神经卡压松解术、胆囊切除……

"我这辈子得了这么多病，但回头来看，这辈子还是很值得的。"说起这些，刘俊英笑着低下了头，窗外一束暖光此刻恰好抚上她瘦弱的身体。

"能工作多幸福啊"

往前冲，是刘俊英前半生的主题词，可将全胃切除后，刘俊英冲不动了。

"我站在阳台上看着同事们上下班，光想哭、光想掉泪，能工作多幸福啊。"泪珠像散落的珍珠，随着老人望向窗外的一瞬跌落，"后来我就想着得赶快好，我想回去工作。"

做完全胃切除术后第8个月，75岁的刘俊英如愿以偿，回到了心心念念的诊室，见到了等待她妙手回春的患者。随后6年间，她定期出门诊，像往日一样，坚守在一线。

在刘俊英的学生、郑大三附院妇科副主任李蕾眼中，刘老师是一个谦虚、低调、谨慎、坚强的人，不喜欢给人添麻烦，却乐于帮助任何人：不会打字，她就去学习；病人经济困难，她就拿自己的饭卡给病人用；她会在手术后帮其他同事移动患者；她会在其他大夫遇到问题时随叫随到；她会放手不放眼地教导学生，她也会鼓励学生大胆探索、敢为人先……

而谈及刘俊英老师，郑大三附院产科主任李根霞也有说不完的话："她愿意接纳新事物，并把自己学的知识毫无保留地传授给年轻人，很多进修大夫都特别感激她。"

如李根霞所说，刘俊英对于新事物的接受程度令许多人折服：比如2000年她和妇科边爱萍教授、手术室护师蔡芳一到上海交流学习，将腹腔镜手术技术带回河南，成为该院做此手术第一人；又比如参与研究水压造穴阴道成形术、腹膜外剖宫产术、半腹膜外子宫切除术等临床应用……

图2　刘俊英在查阅文献资料

而再提"娘家"，84岁的刘俊英希望医院未来能办得更好，"办好了，对国家、对病人都是好事"。郑大三附院人的诚信、仁爱、敬业、创新精神，早在几十年前就已刻在刘俊英心间，这么多年过去依旧不曾褪色，"我们三附院未来一定会越来越好，一代又一代妇幼人也会继续守护妇女儿童的生命健康"。

（王婉君　华小亚　何剑烁　撰稿　图片来自受访者）

守望与拓新篇

"全国高校毕业生基层就业卓越奖"
获得者张开鹏
——"如果可以，我想把家和事业都安在新疆"

张开鹏是新疆阿图什市融媒体中心党支部书记。1990 年 4 月出生的他，于 2018 年获取郑州大学硕士学位，同年投入新疆阿图什的基层工作中。

要把个人理想追求融入党和国家事业之中。我喜欢新疆，对新疆的一切充满憧憬和向往。"到西部去，到基层去"，正如《到西部去》歌中唱的这样，既然选择西部，为何不到祖国最西部？于是我选择了有着"中国西极"之称的新疆克孜勒苏柯尔克孜自治州（以下简称新疆克州——作者注）。

图 1　郑州大学校友、"全国高校毕业生基层就业卓越奖"获得者张开鹏

"如果可以，我想把家和事业都安在新疆。"这句话张开鹏反复提起。然而，刚来新疆时，张开鹏的意志也并非像现在一样坚定，毕竟以前在高校工作过的他，留在人才济济的河南郑州发展可能也会很好。那么，究竟是什么原因让5年后的张开鹏想要把家和事业都安在新疆？

"我硕士毕业的时候，可选择的机会很多，而且应聘到了河南一所学校，薪资待遇也都还可以。但是选择来到新疆克州、留在阿图什，我没有感到后悔。"张开鹏坦言，自己刚来新疆时内心稍许有些落差，但5年来的工作经历让他发自内心地爱上了这座城。

从背井离乡到此心安处是吾乡。初到阿图什，张开鹏被组织任命为格达良乡库尔干村党支部书记，分配到克州阿图什乡镇工作。"说实话，村里工作有点儿苦。"他回忆道。

但是他有着两年部队服兵役经历，已养成了吃苦耐劳的习惯。村里的村民都把他当儿子娃娃一样，很快他就适应了。到村民家做客、品尝维吾尔族美食、参加维吾尔族婚礼，他通过各种途径与当地群众打成一片，带领村民脱贫奔小康。"村里各项工作开展得都不错，村民也很喜欢我这个从河南来的小伙儿。"由于长期在村里工作，皮肤晒得黝黑，张开鹏也渐渐被称为"地道的新疆人"。在他的带领下，格达良乡库尔干村成功脱贫，并入选新疆维吾尔自治区"乡村振兴示范村"。

图2 群众为张开鹏送来锦旗

在他看来，新疆人民的热情淳朴是他想要长期留在新疆的一个重要原因。"阿图什群众很友善、很热情，无论是在阿图什还是在新疆的其他地方，当地人总会热心地为我指路，告诉我在哪儿能吃到正宗的新疆抓饭、新疆烤肉。"

阿图什位于祖国边陲，是中国无花果之乡、中国木纳格葡萄之乡、百年足球之乡，也曾是古丝绸之路必经之地。"阿图什的每个乡镇我都去了，比如松他克的阿孜汗村和哈拉峻的怪柳林景区，以及阿图什最有名的天门景区。"在张开鹏眼中，阿图什不仅有着丰厚的历史文化资源，更有着层出不穷的新模式和新业态，这几年的阿图什不断发展，以崭新的面貌呈现在大家眼前。"喜欢阿图什，阿图什是我的第二故乡，希望让更多人能够知道阿图什、了解阿图什、喜欢阿图什。"

随着新疆人才引进各项政策的落实，张开鹏在阿图什买了房，安了家。随着各方面条件的提升，再过两年，他还要把妻子和孩子接过来工作、上学。如今阿图什发展迅速，有了更好的就业营商环境，吸引了越来越多像张开鹏一样优秀的有志青年扎根落户阿图什，并为阿图什的发展工作添砖加瓦。

图3　张开鹏入户与新录取大学生交流

"妻子和家人是我在这里工作的最大后盾。没有他们的支持，我想我的工作和生活也不会这么顺利，如果可以，我想把家和事业都安在新疆。"张开鹏再次强调。

2022 年，张开鹏荣获新疆克州五四青年奖章。2023 年，张开鹏荣获新疆社会主义精神文明好人好事敬业奉献荣誉。同年，教育部高校学生司公布了"2022 年全国高校毕业生基层就业卓越奖"获奖人选名单，张开鹏入选。在组织的积极培养和关心关怀，以及个人孜孜不倦的努力下，如今的张开鹏正以更加饱满的热情投身到祖国边疆的建设中，他也从村党支部书记成长为单位的负责人。

对张开鹏来说，从心理落差到落户新疆，在阿图什成长的过程都是最好的安排。他表示，将以更热情饱满的精神状态，投入新疆阿图什的建设事业中，让阿图什人民的生活幸福感更高！

（李艳丽　撰稿　图片来自受访者）

守望田野，因为这里有割舍不断的情结
——记郑州大学 2016 届优秀校友董艺文

"我在做咱村有戏之'中国村戏'项目，未来的垌头村将有成千上万人在这里比赛、观赛、直播做小视频，我希望通过互联网，让豫剧文化拓展出更多郑州魅力和青年力量！"6 月 24 日，在 2024 郑州·大学生集中毕业典礼上，郑州大学 2016 届校友董艺文作为往届优秀毕业生代表发言，他带着自己扎根农村的收获和对母校的感激，分享了他的经历和心声，赢得大家一致认可与好评。

图 1　董艺文与村民交流

乡村梦让他选择坚守

董艺文于2016年毕业于郑州大学计算机科学与技术专业，现任登封市大冶镇垌头村党支部书记、村委会主任。作为一名从农村走出来的青年，他心里始终有一颗返回家乡"扎根泥土"的种子。

"乡村的变化让我久久不能平静，我总在想如何让乡亲们的生活更美好。"

图2　董艺文与在校大学生互动

正是怀揣着这样的初心，在临近大学毕业的一段时间里，董艺文转让了收益较好的互联网公司，毅然返回家乡，走上了回报乡亲的创业之路。

谋发展带领乡亲致富

他深入全国各地考察，总结经验，根据垌头村实际情况编制了"乡村旅游发展规划"，在确定了发展方向、明确垌头村未来乡村振兴路线图后，董艺文深入基层，与村干部、村民一起谋划村庄发展、制订发展规划，决定带领村民走一条独具特色的乡村振兴之路。

2019年，他辗转多地筹措资金，努力把设想变为现实。当他带着投资人、规划师以及村发展蓝图与乡亲们见面时，村民眼前一亮，他们对未来的垌头村充满希望。两年的建设期，他发动村民不等不靠、点滴做起，建成了大剧场、商业街、小吃街，完成了道路绿化，超一亿元固定投资在垌头村落地。面貌焕然一新的垌头村，人流物流争相涌入，村民纷纷开起了农家乐，700多名群众实现就地就业。整个村子日均人流量达5000人，产业蒸蒸日上，研学游、乡村游、家庭游为主体的产业纷纷涌入，小村庄热闹了，乡亲们喜笑颜开。

图3　董艺文接受央视采访

文化强村走出特色路

在旅游业快速发展、产业蒸蒸日上的同时，董艺文因地制宜，在垌头村创立了合唱团，并以传统文化为主要内容不断发展、壮大合唱团。回忆起创办合唱团的往事，董艺文说道："我们创立了全国第一个农民合唱团，合唱团的故事三次登上《人民日报》，其中两次头版；六次登上央视，被誉为'会唱歌的村庄'。那时我便深深意识到，传统文化要积极创新，转化为产业，才能实现乡村振兴。"在文化强村的探索中,董艺文提出了"通过文化引领乡村振兴的道路"。他告诉乡亲们:"从前我们会唱歌,现在我们要发展成产业!"

什么能够展现垌头村文化特色呢?董艺文在河南特色戏曲剧种——豫剧上找到了突破口。他在现代豫剧《朝阳沟》基础上积极开拓创新,尝试将传统文化与乡村产业相结合。为了更好地利用当地文化资源,创新驱动产业发展,董艺文创办了全省首家乡村文化合作社,建立了垌头村大剧院,自编自导了沉浸式大型实景演出《再现朝阳沟》。这一系列举措不仅使得垌头村"会唱歌的村庄"这一品牌影响力越来越大,也取得了垌头村合唱文化节、小吃街、农家乐客栈等多方面的文化成果,带领村民们朝着共同富裕的方向稳步前进。

图4　垌头村村民登台表演节目

灾情面前显责任担当

2021 年,垌头村遭遇一场特大暴雨。董艺文作为党员干部冲锋救灾一线,他从各种渠道汇集力量,建立由两位干部、生产队长、党员先锋等组成的"垌头先锋队"参与到垌头村救灾工作中,严控洪水边线,组织群众撤离,及时向上级汇报受灾情况。同时，为村民发放生活物资，努力平复群众情绪、为群众加油鼓劲，尽全力减少灾情损失。

暴雨过后，为了提振村民们的信心，董艺文带领大家唱起了红色歌曲。嘹亮的声音、挥舞的手臂、摇晃的手电，让大家重拾了内心蓬勃的希望。"我们的未来，就是用文化也好，用精神也好，带领大家，从无形到有形，重振家园，重振家园，重振家园！"董艺文三声"重振家园"刚一落地，就响起了村民们热烈的掌声。

在乡村振兴践行中成长

"我从实践中锻炼滋养，从青年志愿者成长为乡村带头人，更重要的是，我想通过实践让更多青年大学生认识到我们干一小步，家乡就能进一大步，外出学习的本质不是离别家乡，而是帮助家乡发展得更加美好。"这位从乡村振兴践行中走出的优秀青年正一步步向着自己的理想前进，用青春和奋斗将家乡垌头村建成一座美好的"会唱歌的村庄"。

如今，垌头村建成非遗文化街、农产品作坊、农家乐、服装厂、纯净水厂等实体产业，乡亲们更是走上了精神富足、物质富裕的双丰收式"一村一品"特色之路。

2023 年，董艺文荣获教育部首届"全国高校毕业生基层就业卓越奖"。"在这片广袤的大地上，归乡的故事每天都在上演，青春从来不曾被限制在写字楼里，对于我们来说，赋能乡村、服务家乡，既是自我实现，也是回报桑梓。"新农民、新职业、新增收，董艺文正用责任与担当一步步改变着这个曾经贫穷的小山村，也始终践行着一名共产党员的理想信念，将自己的无悔青春奉献给乡村事业，献给这个"会唱歌的村庄"。

（吕品涵　蔡子慧　撰稿　图片来自受访者）

不畏挫折，顽强生长

——记郑州大学优秀校友、商学院 2020 届毕业生王意通

幼年时，他右臂肌肉瘫痪，一边跟家人四处求医问药，一边苦练左手写字学习。2016 年，他以优异的高考成绩被郑州大学录取，就读于工商管理专业。2020 年，他以专业第一的成绩推免至武汉大学经济与管理学院硕博连读；2023 年 11 月，他获得 10 万元雷军卓越奖学金。他的励志故事被《人民日报》《中国青年报》等媒体争相报道。这位勇于与疾病抗争，不断奋进的青年就是郑州大学商学院 2020 届优秀本科毕业生王意通。

艰难困苦，仍心怀远方

"信念是鸟，它在黎明仍然黑暗之际，感受到了光明，唱出了歌。"小学时的一场医疗事故导致王意通右臂运动神经损伤、肌肉瘫痪，他不得不中止学业，四处求医，希望能迎来一丝奇迹，然而现实却不尽如人意。身体上的磨难一度让他感到痛苦绝望，他只得将受伤的心灵寄托到书中以寻求慰藉，他翻阅着一本本书籍，自学小学课程，坚持不懈地练习左手写字，学着用一只手吃饭、洗衣服、系鞋带……每到夏天他都害怕穿短袖，担心别人看到自己残疾的右臂。"县医院，省医院，再到全国各大医院，父母为我四处奔波，求医治病"，每天早上五点，年幼的王意通就被叫起打针。虽然长时间忍受伤痛，但他在学习上丝毫没有放松，并努力克服生活中遇到的一个又一个

困难。

他始终相信，即使荆棘满途，只要心中有梦，便不顾风雨兼程。他刻苦学习、坚持不懈，终于在 2016 年以优异的高考成绩考入郑州大学商学院工商管理专业。

自强不息，谱人生华章

"道足以忘物之得丧，志足以一气之盛衰。"刚进入大学，王意通陷于右臂伤病带来的自卑感中，整日独来独往。老师们及时了解到王意通的情况，不断给予他生活上的帮扶和学业上的鼓励。学长学姐鼓励他多多参加比赛增长见闻，结交朋友，王意通心里有些顾虑："如果参加比赛就意味着自己要走出舒适圈去和很多人打交道，更会暴露自己身体存在的不足。"他犹豫再三，最终决定参加"挑战杯"大学生课外学术科技作品竞赛。

从此，他找到了新的兴趣所在，全身心投入创新活动中，经常废寝忘食，从点滴汗水中体会到了收获的喜悦。在撰写智能安防巡检机器人的项目计划书时，王意通带队走访校园后勤部门和周边社区了解产品实际应用场景，和队员一起优化计划书。作为项目负责人，他带领全队取得了 2018 年"创青春"河南省大学生创业大赛一等奖。本科学习期间王意通还被评为 2019 年度"中国大学生自强之星"、河南省"三好学生"。

对于难忘的四年大学时光，他始终心怀感恩，"在商学院就读期间，我的视野更加开阔，综合能力得到了全面发展，还打下了坚实的学术基础。学校、学院以及各位老师对我的支持与关爱不断鼓舞着我，让我懂得了自强不息、奋斗不止！"第二任辅导员朱意对王意通印象深刻，朱意说："在期末考试中王意通虽然用左手写字，但写出来的字迹工整有力。"右臂残疾所带来的不便并没有击垮他，他始终积极向上、乐观进取，直面困难和挫折，将命运攥在自己手里。他说："出于身体原因，我失去了一些东西，但我也更明确自己的目标，我所遭遇的是困难更是动力。"

图 1　王意通和队员荣获 2018 年"创青春"河南省
大学生创业大赛一等奖

正如作家王小波在《青铜时代》中写道的："永不妥协就是拒绝命运的安排，直到它回心转意，拿出我能接受的东西来。"王意通以超乎常人的毅力、自强不息的精神和持之以恒的态度努力汲取知识、提升自我价值；他平和地接受、不屈地奋斗、坚定地前行，如静水流深，在无形中蕴含着巨大的力量。

坚毅为壤，开梦想之花

"宝剑锋从磨砺出，梅花香自苦寒来。"2020 年，王意通以专业第一的成绩推免至武汉大学经济与管理学院技术经济及管理专业（硕博连读）。这个专业具有交叉学科特性，全新的研究方向更需要他掌握代码撰写能力与抽象模型思维。王意通在专业课程之外，还主动学习经济学、管理学、数学、计算机等诸多课程。在科研过程中，王意通重视现实问题，选择复杂网络与博弈论作为研究方向，关注社会热点问题，研究成果聚焦国家战略发展与经济社会所需。

在研究生阶段，王意通凭借惊人的毅力和过人的才华，向着学术之巅不断攀登，累计发表了 SCI、SSCI、CSSCI 核心期刊论文 8 篇。其中，以第一通讯作者身份发表中科院一区 TOP 期刊 SCI、SSCI 论文 2 篇，ABS 三星期刊论文 1 篇。在导师范如国教授的带领下，他积极申报并参与研究项目 5 项，参与国家社会科学基金重大招标课题，在此过程中，他跟随课题组赴河南、陕西、重庆等地调研完成申报书、研究报告 3 份。课题组多篇研究成果被上级部门采纳，并为上级部门决策提供了智力支持。就读期间，他还获评湖北省"长江学子"称号，斩获国家级、省部级奖项 9 项，各类校级荣誉 22 项。2023 年 11 月，王意通又荣获 10 万元雷军卓越奖学金。

图 2　王意通在雷军奖学金领奖现场作为代表发言

　　幼年时一场医疗事故导致的身体残疾无法阻挡他前进的决心；生活中的种种不便无法磨灭他坚定的意志；人生获得的种种成就没有让他自得自满，反而更加激励他坚定不移地迈出人生新的步伐，始终以坚毅的决心追寻自己的梦想。"我的学术梦想道阻且长，定当自强以对追逐心中所想。"这是他的铮铮誓言。

　　"少年何妨梦摘星，敢挽桑弓射玉衡。"王意通的坚定信念和顽强意志是对生命最好的诠释，于现在的他而言，回头看，轻舟已过万重山；向前看，前路漫漫亦灿灿。不惧跌宕，不议命运，不论将来，王意通一直在路上！

（李艳丽　朱　意　杨颜冰　撰稿　图片来自受访者）

爸妈聋哑，他心怀凌云志，如今直博清华

——记郑州大学计算机与人工智能学院 2021 级
本科生石祥立

"由于父母不识字，又是聋哑人，我获得推免资格直博清华、获得宝钢优秀学生特等奖的这些消息，他们到现在可能还不知道。"采访石祥立时，他一开口就遗憾地说，"看到别人经常能与父母打电话、视频聊天，我很羡慕。这些很平常的事情，对我来讲都不容易。但父母对我的爱是深沉、浓厚的，他们教会了我很多。"

图 1　石祥立获得 2023 中国高校计算机大赛人工智能创意赛全国一等奖

石祥立是郑州大学计算机与人工智能学院 2021 级本科生。2024 年宝钢优秀学生特等奖、第十六届国际先进机器人及仿真技术大赛一等奖、第二十五届中国机器人及人工智能大赛全国一等奖、2023 中国高校计算机大赛人工智能创意赛全国一等奖……上大学至今，石祥立在各项重大科技创新竞赛中获 21 项国家级和 14 项省部级奖励，参与发表 1 篇 SCI 论文和 2 篇 EI 会议论文，申请发明专利 1 项。

"无声家庭　教会我自强与坚韧"

在无声家庭中成长，到郑州大学求学，再到直博清华，路虽坎坷，行则将至。

石祥立出生在江苏徐州，他的父母是聋哑人，家里还有一个妹妹。从小生活在寂静无声的环境中，与人的交流也不多，尤其当意识到自己的家庭与其他人不同时，他变得沉默寡言、内向、自卑。高中时他才第一次主动跟人打招呼，当时心里很紧张，仿若紧绷的弦，忧虑着对方不予回应。幸运的是，得到了对方的反馈。"第一次打招呼，我发现还挺美好的。"这个场景随着时间的推移在他脑海里愈发清晰。

在高中时期，语文老师每周让同学们自己制作 PPT 并上台演讲。他首次公开自己的家庭情况，放下了心理包袱。"我的父亲没上过学，有一身修家电的本领。"他略显紧张，讲得磕磕巴巴，中间一度有十几秒，他沉默了。这时，全班响起了热烈的掌声，让他振作起来继续讲下去。这段经历，像一道光照亮了他晦暗的心灵世界。他说："我在高三时与自己的家庭彻底和解，不会再因为自己的家庭，而感觉到被人瞧不起，或者说有一些怜悯。"石祥立发现，分享也没什么可怕的，家庭情况也没什么说不出口的。在他心目中，父亲的形象是高大伟岸的，父亲的精神激励他克服困难、勇敢前行，带着他战胜了过去的自卑。

石祥立回忆，由于特殊情况，父亲小时候由爷爷带着到处找人学艺，但屡遭拒绝、求学无门。父亲下定决心自学家电维修。为了能看懂电路图，父亲就蹲在地上学认字，伯伯写一笔，他就用树枝画一笔，照葫芦画瓢。认识一些字后，他就拆卸老旧家电，对着电路图，盯着电路板，一遍遍地搭线、安装、试错。父亲自学成才，开了个店铺，修家电十里八村远近闻名。有一次石祥立坐出租车回家，出租车师傅看着导航地址说："这里有个修家电的特别有名。"那一刻，石祥立感到很自豪。

"我很敬佩父母，他们自立自强、勤于做事。因为家庭贫困，他们经历了太多辛苦的事情，不想让我走他们的老路，坚持让我好好学习，让我现在也变成行动派，不断超越自我。"

"在郑大我有许许多多的成长故事"

2021 年，石祥立考入了郑州大学数学与统计学院。刚开始，他延续高中的学习习惯，第一个学期期末考了年级第二。此时他发现自己对计算机很感兴趣，在大一下学期转专业进入了计算机专业。

在一次课前与同桌闲谈时，他听说学院实验室正在招新，同桌热心地将他拉进了招新群。完成各项考核后，他正式进入实验室开始跟组做实验。实验室中科研氛围很浓，有时凌晨三四点钟，实验室的灯还亮着。"大家都很努力，在这里思维碰撞，交流心得。一到比赛，大家就进入备战状态，为了一个项目齐心协力。"

科技创新时常会失败，石祥立坦言他心里有时也打退堂鼓。一次，做大学生创新创业项目时，他试图打造一个多功能的机器人。由于课题很新颖，没有太多经验可借鉴，他感到紧张不安。"如果它很难怎么办？如果做不出来怎么办？"他靠在墙角，让自己静下心来，把机器人的各个模块逐一攻克，悉心组合拼接，渐渐地，机器人雏形初现。这次尝试极大地鼓舞了他。"我突然意识到应该更多尝试一些新颖的东西，不要害怕过度设想，大胆地去做，大不了失败，能成功的话当然更好。"

"我相信团队的力量，比个人更强大。"石祥立说，在做无纺布瑕疵测试时，他和队友一遍遍地改代码，测量模型。石祥立介绍："无纺布是一种非织造布，比如人们熟悉的口罩。生产线的速度很快，要求我们的算法必须匹配得上。"

"常见的瑕疵有污点、蚊虫、异物等,漏检或误检的话,会有很大的安全隐患。"如何测得更准确?石祥立说:"有的无纺布有底纹,拍出来有干扰,不好判断。我们设置成自动去除底纹,在屏幕上看到的是一张干净的白纸,瑕疵就藏不住了。"生产线上,一个个产品传输着,在摄像机下拍了个"全身照",如果有瑕疵,"嘀"的一声,生产线上的红灯警报就会响起。把有瑕疵的产品撤回,统计数据、归类、记录……最终团队项目"基于人工智能与云计算的无纺布瑕疵检测系统"获得中国高校计算机大赛人工智能创意赛全国总决赛国家一等奖。

在团队中,石祥立也变得越来越开朗、自信、勇敢。作为双足实验室的学生负责人,他多次带领团队参加各类大赛,站在台上从容不迫地展示和讲解团队的研发成果。他说:"我结识了很多好朋友,也遇到了很多好老师。遇到困难或者遭遇失败时,老师就鼓励我,'没事你大胆去做'。"他鼓励学弟学妹说:"首先要保持乐观的心态,对科研要保持一定的热情。你可能会遇到坎坷,但只要你愿意做下去,就会是很好的成长。"

"勇敢的人先享受世界"

"人生一定要勇敢地尝试,勇敢的人先享受世界。"石祥立说,"要敢于挑战不一样的自己。"

在以专业第一的成绩获得保研资格后,他努力搜索整理信息,想再次尝试不一样的可能,并寻找适合自己的方向。他说:"我就想着试一试清华,万一被录取了呢?"他把简历发送至心仪导师的邮箱,先跟着导师做了相关考核,又进行笔试、面试,最终作为一名直博生保研至清华大学深圳国际研究生院。

在郑大,石祥立有了很多新体验。当朋友第一次邀请他出去旅游时,他的眼眸中闪过一抹难以置信的惊喜。他的眉眼带着笑意回忆道:"在连云港,我和朋友沿着海岸线徐徐骑行,海风轻拂,一路上心情很畅快。远处,无垠蔚蓝海洋铺展眼前,夕阳西下,余晖洒在身上,真的感觉很美好。"

他深知,与贤能之士相交,同挚友相伴,宛如春风拂过心田,滋润荒芜。

约上三五好友,外出聚餐;勇攀华山,看看祖国的大好河山;每周健身,挥洒汗水,保持健康的心态;化身聋哑人题材校园微电影的群演,为弱势群体发声……诸般尝试,皆成生命中的璀璨星辰,熠熠生辉,让他于其中体悟世间美好百态。"独乐乐不如众乐乐",现在的他乐于跟朋友分享开心事,一起去完成项目,去挑战一些自己原本不敢做的事情。他们一起进步,一起游玩。"我们在海边放声大笑,也会在攀爬的过程中纵情歌唱。"

深秋时节,校园内落叶纷飞,似金色的蝶舞于天地之间。石祥立漫步其间,沉醉于这般如诗美景。"在这里,我从懵懂逐渐变得成熟起来,逐渐发现了自我,而且认识了许多好朋友、好老师。郑大景美,人也美,在这里,也发生了许许多多动人的故事。"

"郑大是我的母校,我喜欢这里、热爱这里。"石祥立心怀感恩,"很感谢学校和学院栽培了我们,让我们能更好地成长。"学校倡导"让每一个学生更优秀"的育人理念,他更倾向于从个人奋斗的角度去领会,认为个人应通过不懈努力来实现自我超越。对他来说,这句话本身就是一股激励人心的力量。回顾自身经历,他感触很深:"我开窍很晚,总是比其他人慢半拍。听人说,我三岁才学会说话,日常生活中反应也比较慢。但庆幸的是,一路上我遇到了许多贵人,正是他们的相助,让我走出了自己的'浪浪山'。"

石祥立对未来充满信心,他将在计算机视觉方向深耕,承载着家庭的殷切期盼,饱含对校园的热爱,携带着往昔岁月沉淀的成长,继续勇敢地往前走!

他也想对学弟学妹说:"每个人想要变优秀,要有一个上进的目标,向往光、追求光,才能成为光、散发光。要努力变得更优秀,成为更好的自己。"

"我是一个非常幸运的人,努力付出改变了人生轨迹,但是有些人却未必能左右自己的人生。愿每个人都能付出有回报,愿每个人都能遇到生命中的贵人,愿每个人都能实现自我的蜕变。"

（李艳丽　羊　琦　撰稿　图片来自受访者）

逐梦路上　无畏山川
——彝族姑娘从大凉山深处迈向郑州大学，奔赴北京大学

丽江华坪女子高级中学校长张桂梅曾说："那个山好大好大，有的女孩是家里祖祖辈辈出来的第一个高中生。"郑州大学公共卫生学院2024届彝族学生杨洋的家乡——四川省凉山彝族自治州的山也很高很高，一座连着另一座，不仅形成地理上的闭塞，也成为孩子们的精神"围墙"，将青春梦想深深阻隔。

图1　杨洋在毕业生座谈会上发言

三代人接续努力，托举彝族孩子读书梦

1952年凉山彝族自治区成立，1955年改称为凉山彝族自治州，凉山各族人民开启了走向繁荣进步之路的历史新篇章。"一步跨千年"的发展带来的是更多人改变自己乃至后代命运的希望，而杨洋便是在党和政府的托举之下成长起来的新时代彝族青年的缩影。

杨洋的祖父母勤劳踏实，且非常重视教育。最艰难时，祖父母曾将青皮核桃放入热水中煮熟果腹，只为省下钱给孩子们凑齐学费。杨洋的父亲幸运地考取师范中专，在毕业后又选择回到家乡，成为一名坚守在大山深处30余年的乡村教师。

为了孩子们能够走得更远，杨洋的父母拼尽全力，倾其所有。杨洋刚上小学时，由于家和学校的距离实在太远，父亲每天背着她上下学。母亲身怀六甲也依然在田里挥汗如雨，农忙时，父母深夜才能吃晚饭。"母亲总是记得她对我和弟弟的亏欠，却时常忘记自己被生活碾压的痛苦。"杨洋回忆道，"在父母的庇护下，生活中的暴风雨全都落在了父母磨损的肩头，而父亲每年春暖时发作的冻疮，和父母衣柜里早已不保暖的冬衣，让我明白窗外的狂风骤雨为何点滴不曾落到我的书桌。"

从大凉山到郑州大学，且以青春赴山海

2019年，杨洋考入郑州大学公共卫生学院。开学时，为节省路费，杨洋只身从大凉山前往郑州大学报到，看到身边的同学都有亲友协助，她只能含泪独自应对。幸运的是，在郑州大学，她遇到许多关心她的老师和同学，并获得了国家助学金的资助。学校开展的新生入学"四爱"教育系列活动，杨洋参与其中，全面了解了校园生活和所学专业，并以最快的速度调整自我，适应大学学习和生活。在辅导员的支持和鼓励下，杨洋参与竞选并成功担任了班级的心理委员。

在学校对本科生科技创新工作的大力支持下，公共卫生学院全面推进

"本科生进团队"计划。杨洋大一下学期便进入儿少卫生团队跟随老师学习,探索自己的科研方向。大二时,在导师的指导下,杨洋和同学组队,成功申请到一个省级"大学生创新创业训练计划"项目。"在这个过程中,导师对我的指导和帮助让我明白做科研应有的态度以及需要具备的能力。学院里年轻有为的老师成为我的榜样,让我更加坚定在完成本科阶段的学习之后,继续前往更大的平台锻炼自己,实现理想和目标。"

除了学院和老师的帮助,杨洋在郑大还收获了许多珍贵的友谊,特别是舍友和学院辩论队的小伙伴的关心与帮助。每当和这些来自五湖四海的朋友聚在一起时,思家的情绪总能被宽慰。

学习之余,杨洋还多次参与学校组织的研学活动,参观黄河博物馆、观看编钟演出、参与少数民族优秀毕业生经验分享会……在这一系列活动中,杨洋结识了许多好朋友,增进了与不同民族同学之间的沟通和交流,也深化了她对于中原文化、黄河精神等中华优秀传统文化的理解与认识。

"杨洋是一个很开朗的姑娘,每次见到她,脸上总是洋溢着真诚的笑容。她不仅学习成绩优异,还在本科生支部担任组织委员,主动承担了很多志愿服务工作。"辅导员马月超这样评价杨洋。

五年的大学时光里,杨洋始终秉持勤能补拙、笨鸟先飞的学习态度,连续四年获得学业奖学金;在思想上积极向党组织靠拢,成为年级里首批被发展的学生党员,并获评"郑州大学优秀学生党员";担任学生干部,连续三年获得"优秀学生干部"称号;参加学院辩论队,收获了难以忘怀的珍贵友谊;积极参加社会实践与志愿服务活动,如迎新党员服务站、暑期"三下乡"、寒假社会实践等。

一战成"硕"上北大,奔赴下一场山海

考研报名前夕,杨洋还在犹豫是否要报考北京大学。在班主任老师的细心分析和鼓励下,杨洋坚定地选择了报考北京大学公共卫生学院,并全身心投入复习中。在漫长而又充实的备考过程中,她曾因学习任务无法完成而焦虑到崩溃大哭,也曾因没有取得进步而自我怀疑,但在老师和同学的鼓

励下,她从未停下前进的脚步。

临近考试,学院为所有考生送上了一份"爱心礼包",里面有来自低年级学弟学妹和辅导员的鼓励信。"在备考的一年里,我受到了许多人的帮助——学院老师的指导与鼓励、已经上岸的学长学姐热心的帮助、家人的支持以及来自研友的鼓励,这些都是我坚持下来的动力,也是我备考一年中最珍贵的回忆。"杨洋说。

初试成绩出来后,杨洋以专业排名14名的成绩进入复试,既激动又担忧——激动的是,一年的努力终于换来了复试入场券,担忧的是,怕自己与"梦中情校"失之交臂。于是,她沉下心来继续回到自习室看专业热点文献、修改简历、参加学院组织的复试指导讲座、与朋友无数次模拟面试……

复试结束后,等待录取结果的24小时是杨洋在整个备考期间最煎熬的时刻,当看到自己的名字出现在拟录取名单上时,杨洋喜极而泣,这一次,坚持与努力再一次帮助她赢得了胜利!

校长李蓬院士在郑州大学2024届学生毕业典礼致辞中特别提到杨洋:"同学们身上,彰显了积极进取的力量。你们不断成长和成熟,面对挑战更加坦然应对,面对挫折更加坚韧自立,面对未来更加笃定自信。公共卫生学院的彝族姑娘杨洋同学一路奋斗,从大凉山深处走进郑大,又将奔赴北大,开启新的人生篇章。祝贺你!"今年9月,杨洋在北京大学开始了自己研究生阶段的学习生活。

"我很喜欢《红楼梦》里的一句词——好风凭借力,送我上青云。"杨洋心怀感激地说,"今日的成绩是我凭借着时代的春风,站在父母和老师们的肩头奋力摘取而得,我的成长之路也不过是这个时代里许多'大山女儿'的缩影。因为党和国家的关怀帮扶,我拥有了走出大山的机会,因为母校郑州大学的培养,我有了实现个人理想的机会。"

在杨洋看来,考入北京大学是一段征程的终点,也是下一段旅程的起点。"我将继续秉持'求是担当'的校训精神,在追风赶月中奉献青春,报效祖国!"

（聂　娜　马文亚　马月超　撰稿　图片来自受访者）

沐光而行　向阳生长
——记优秀本科毕业生代表、马克思主义学院程诗涵

"请允许我代表2024届全体本科毕业生,向一直以来悉心教导和精心栽培我们的母校、老师、父母,表示最衷心的感谢和最诚挚的敬意! 向相互支持、携手共进的同学们,致以最美好的祝福!"2024年的毕业典礼上,优秀本科毕业生代表、马克思主义学院程诗涵的发言,引来全场师生的赞许。

先后获得国家级高等学校优秀思政课教师和马克思主义理论学科学生奖励基金、"马研杯"全国实践研习大赛一等奖等荣誉,参加央视《全国大学生党史知识竞答大会》,以专业第一的成绩保研至北京大学马克思主义学院思想政治教育专业,程诗涵一路沐光而行,向阳生长。

在耳濡目染中萌生理想

程诗涵出生在焦裕禄精神的发源地——兰考。受良好家风的感染,幼时的程诗涵就已经对中国共产党有了初步的认识。在兰考人的口口相传及各种媒体报道中,幼时的程诗涵就已经了解到许多焦裕禄的事迹,焦裕禄这个名字像是烙印一般深深地刻在了她的脑子里,成为她对中国共产党的最初记忆,同时她也在成长过程中,听到和看到许多党史故事。

如果说焦裕禄的事迹在程诗涵心中播下了一颗想成为共产党员的种子,那么父亲则是用自己的实际行动精心浇灌了这颗种子,使这颗种子在程

诗涵心中生根发芽。作为一名普通的林场人，程诗涵的父亲扎根林场35年，吃在工地、宿在地窝子里，硬是用肩扛手提、精心管护，在兰考这片盐碱地和风沙口上造林1.2万亩，共计36万余株，多次被评为河南省国有兰考林场的先进工作者。

据程诗涵回忆，父亲在下乡考察东曹庄村过程中，看到养殖场的村民因为器械落后效率极其低下，收入受到极大影响时，想帮他们增加收入，尽快脱贫，自掏腰包向他们捐款，为他们补足了置办农械的钱。"当村民问及是谁捐的款时，我爸爸只说了一句话：'一名共产党员。'我不仅为爸爸感到骄傲，也更加坚定了想要成为一名党员的决心。"程诗涵回忆道。父亲在一言一行中展现了一名共产党员应有的风度和气度，从父亲身上，程诗涵看到了一名真正共产党员的模样。

程诗涵像父亲一样，深深爱着这片养育自己的土地。她会跟随父亲下乡走访，走在乡间的林荫小道上，与偶尔擦肩而过的农夫寒暄，与村中的老人唠唠家常，聆听他们的故事……一次次的走访经历也在丰富着程诗涵的阅历。父辈们对祖国对河南这片土地深沉的爱，让她真真切切地感受到了焦裕禄精神生生不息的力量。

"作为新时代郑大学子，我想把焦裕禄精神讲给更多人！让更多同辈人对'为人民而死，虽死犹荣'可感、可知、可信、可学！"程诗涵的话铿锵有力。

在严以律己中以史明志

2021年6月6日，由中央广播电视总台策划发起的《全国大学生党史知识竞答大会》开播。程诗涵代表郑大参加了本次比赛，与其他百名高校代表一同进行现场答题。

图1 程诗涵在参赛现场(右一)

图2 程诗涵参加全国党史知识竞赛合照(右二)

图 3　程诗涵参加全国党史知识竞赛合照（左二）

本次《全国大学生党史知识竞答大会》由中央广播电视总台联合教育部、国家语言文字工作委员会、中共中央党史和文献研究院等部门精心制作，来自全国 100 所高校的 100 名在校大学生现场竞答，2800 多所高校的 1000 多万名大学生在云端同步答题。经过个人报名、层层选拔、学校推荐，程诗涵通过遴选参与此次节目录制。

得知自己要前往央视录制节目时，程诗涵正在学习党史知识，"我当时还有点儿不敢相信，兴奋之中还带着一丝压力。"程诗涵说道。

当时，程诗涵是百人团中屈指可数的大一学生，与各高校的学长学姐相比，程诗涵感到前所未有的压力。她一遍又一遍地翻阅着党史题库，生怕漏掉一个关键字。"答题时，不仅要眼快，还要手快。"当题目出现在做题屏幕上时，她一只手按住选项键，另一只手同时按住提交键，快速作答，整个过程仅需零点几秒。这不到一秒的作答时间凝聚着的是程诗涵两个月来的不懈努力。

除了学校的培养、老师的指导，程诗涵的努力也是让她能经过层层选拔，最终代表郑州大学参加全国党史知识竞赛的原因。程诗涵有自己的学习方法："背诵党史的过程中，比较苦恼的是一些数字，我会把每一个数字赋予意义,比如雷锋同志是 1962 年 8 月 15 日去世的,我就会联想到农历八月十五,这本是象征团圆的日子,那这个日子我就永远也忘不了了。"

党史中的寥寥几字,可能就是革命先烈的一生,程诗涵正是怀着这样的敬意去体会党史,感受其厚重内涵,让党史中的每一个细节都在脑海中留下深深的烙印。"学习党史可以让我们增加历史定力,弘扬党的优良作风。也可以让我们更加深刻地了解到,没有中国共产党就没有如今的幸福生活。"

在坚定目标中感恩前行

"参加《全国大学生党史知识竞答大会》的这次经历如一盏明灯,指明了我以后的路途和方向。"程诗涵在毕业典礼上说,"比赛现场,被提问'青年人的使命'是什么时,我直面内心、掷地有声地说:'做一名思政课教师。'追寻信仰之光,传播真理力量。"

成为一名大学思政课教师一直是程诗涵的目标,她也一直期待,自己能站上讲台,生动形象地将自己对国家大政方针的理解传授给他人,俯下身去倾听学生的问题。

内心的种子在郑州大学持续生根发芽,在这片校园,她和每一名同学一样,获得了成长的机会和平台。

她认为,能保研到北京大学,主要是由于自身学习科研能力和社会实践能力突出,这两种能力是学校科学培育的结果。"不仅是个人的成功,更是郑大育人实力的彰显,非常以能够成为郑州大学的一名学生而骄傲。"

临别之际,她心存感恩,依依不舍地回顾一幕幕过往。

"忘不了别荣海书记在落实习近平总书记'3·18'重要讲话精神五周年推进会上的殷切嘱托!忘不了李蓬校长在校长面对面活动时的亲切,忘不了马克思主义学院老师们的倾心指导!忘不了同样是思政队伍的辅导员们夜以继日地守护成长!忘不了理论宣讲活动中,小伙伴们的相互支持彼此陪伴……"

"希望自己先将专业知识打牢,打好基础,再谈情怀;也希望自己能拥有思想的高度、政治的理性,更能理解使命的崇高。"程诗涵说。

"我将带着母校给予的力量继续前行,在人生的赛道上重新起跑,让我们一刻不停地向前奔跑,跑出人生的精彩!"程诗涵对未来充满憧憬地说道。

（李艳丽　撰稿　图片来自受访者）

拥抱自身的独特性

——记 2022—2023 学年郑州大学大学生标兵凌翊晶

　　"没有任何一天会重复出现，没有两个一模一样的夜晚，两个完全相同的亲吻，两个完全相同的眼神。"这是 2022—2023 学年郑州大学大学生标兵、文学院 2020 级凌翊晶送给大家的寄语。在她看来，维斯拉瓦·辛波斯卡的这几行诗像一个起点，提醒人们带着好奇心和郑重的态度，在看似平凡的生活中发现新可能，拥抱自身的独特性。

　　"我容易被别人的光环笼罩，而且我的性格也非天生外向，也没有那么多耀眼的奖项。"凌翊晶坦言。但本科四年，伴随从未停歇的探索，她用踏实的步伐走出了一条属于自己的坚实道路。

图1　凌翊晶(右)和队友在"挑战杯"答辩、路演现场

"这是一个顺藤摸瓜、步步深入的过程"

"其实我当年的第一志愿并非中国语言文学类方向。"凌翊晶说。从"误打误撞"进入文学院，到专业课程学习、科研论文撰写，最终凭借不懈努力成功保研至北京师范大学，她开始真正了解并一步步走进这个专业，找到了自己的归属感和热爱所在。

在古代文论的课堂学习中，司空图《二十四诗品》中的"疏野"一品给凌翊晶留下了深刻印象，"青松下面修建茅舍，悠闲坦荡频频读诗，只知日夜变换，不管今是何时"中所展现的冲淡疏旷的创作态度和闲适旷达的性情深深打动了她。"对于我的研究而言，这是我在学术上的起点。"凌翊晶说。

在大三学年，凌翊晶有幸加入了一个项目组并担任科研助理，在此过程中，她关注到甲骨文中的"野"字，由此萌生了梳理"野"的概念史的想法。凌翊晶积极申请并成功申报了一项河南省大学生创新创业重点项目"殷商甲骨文与中国早期荒野审美观研究"。"从构思、研究到长文撰写，这是我在学术上的第一次完整尝试。"当她满怀热忱地完成初稿时，却遭到了老师的否定。"我的初稿没有很好地立足于前人的注疏之上，而是一个依照自己想法阐发出的体系，比较肤浅。"在历经多次推翻重塑、几易其稿的过程中，凌翊晶步步挖掘、不断完善，最终完成了一篇优秀的文章。

以"野"为契机，凌翊晶又试图把目光从先秦的时间概念跳脱出来。她和两名同学组队报名了"挑战杯"中国大学生创业计划竞赛，她们常聚在宿舍楼六楼的小平台上，就论文写作的问题和其他具体事情展开多次讨论。如何让文章更加紧扣比赛主题？如何让研究显得更加有价值？她们反复协调、沟通和打磨。"这是一个顺藤摸瓜、步步深入的过程。"她分享道。在本科期间，凌翊晶在学术方面不断探索走深，共主持和参与创新创业项目3项，获立省级重点项目1次。

勤奋学习、不懈求索，使她始终保持着优异的成绩：总绩点3.97（满分绩点为4），综合测评成绩位列专业第一，获得国家奖学金等10余项荣誉奖励……一项项成绩的取得见证着凌翊晶脚踏实地的努力，也为保研面试奠定了基础,最终被北京师范大学文艺学方向录取。

"我开始重新审视自己的完美主义"

对于凌翊晶来说,本科四年有学业上的探索和进步,更有心态上的改变和沉淀。"曾经的我带有过度完美主义的心态。在这种心态的裹挟之下,我只在有百分之百把握时,才敢着手去做一件事。"她坦言。踏入大学校门后,凌翊晶发现很多机会稍纵即逝,与其等到准备充分再付诸行动,不如勇敢迈出争取的第一步。

在大一大二阶段,凌翊晶不断探索自己的"副本",不断积累"经验值",报名演讲比赛、参加院运会、担任学生干部⋯⋯同时,她的心境也在探索中悄然改变:"跳出舒适圈,尝试不同的事情。"大三时,凌翊晶确定了本科保研目标。"我把目标细化到自己每周的任务量,踏踏实实地提升专业能力。"

2023 年 7 月,在指导老师的推介下,凌翊晶旁听了"中华美学学会 2023年年会"。这次经历给她带来的不仅是学术知识上的启发,更是学术态度上的改变。"当时我正在参加暑期学校夏令营,并没有那么顺利,整个人对学术和未来陷入一种沮丧和抗拒的情绪之中。"凌翊晶回忆到。自己真的适合做学术吗? 学术真的那么高高在上、遥不可及吗? 伴随着心头萦绕的疑问,她来到专家满座的会场,惊喜地发现现场的氛围并没有想象中的严肃。"专家教授们在学术上颇有建树,但并没有我想象中的严苛死板,他们是平易近人的、非常喜欢学生们,也能和学生谈笑风生。"在年会开幕式结束后,凌翊晶主动和一名研究环境美学的教授进行了简单交流,并获得了教授的肯定和鼓励。"这让我在之后的预推免中能够以更加松弛的状态去面对来自教授们的重重考验。"年会之后,凌翊晶重新整理心情,在预推免中平心静气、稳扎稳打,最终取得了优异的成绩。

面临较大压力时,她喜欢诵读《道德经》。"致虚极,守静笃,万物并作,吾将观复。夫物芸芸,各复归其根。"这也是凌翊晶感触最深的一句话。阅读在成为她专业需要的同时,也成为她构建充盈的精神家园的养料。"每次诵读,我都沉浸其中。这是一个常读常新、内化于心的过程。"

回顾本科四年，凌翊晶用"探索、踏实、幸运"形容大学生活。探索——主动尝试自己舒适圈之外的事，不断自我更新，挖掘潜力；踏实——认真努力地学习是她大学时期的主旋律；幸运——遇见郑州大学和文学院的老师们。"老师不仅教授我们知识，他们的风度也潜移默化地影响着我们。郑州大学和文学院为我们提供了平台，给每一位认真努力的学生提供了向上的机会。"

在大学这场分岔众多的旅途中，凌翊晶在探索中逐步找到了自己的方向，笃行不怠。"别人眼中的光环很有可能只是一种错觉，更重要的是看清并且紧紧抓住自己眼中的光亮。它并不完美，也没有标准答案，但它如此独特。这个不断加深自我认识的探索过程远比某个确定性的结果更重要。"在未来，她仍将怀着"学业日新"的初心，开启崭新的探索之旅。

（吕品涵　冯靖航　撰稿　图片来自受访者）

梦起中原，学在郑大

——记郑州大学教育学院 2018 级心理学专业第一位台湾籍本科生谢妤彤

拳拳爱国情，发乎本心，燃炽于胸，串联起你我与家国；殷殷爱国心，走在求学之旅，连接起海峡两岸深情。2017 年，郑州大学正式启动华侨、香港和澳门特别行政区及台湾省招生宣传工作。2018 年，郑州大学首次招收 84 名港澳台学生，来自台湾的谢妤彤便是其中之一。作为郑州大学教育学院 2018 级心理学专业的第一位台湾籍本科生，同时也是 2022 级心理学专业的第一位台湾籍在读硕士研究生，自 2018 年来到郑州求学，谢妤彤在郑州大学已经生活了 6 年。

这段求学之旅中，谢妤彤遇到了很多人和事，正是这些温暖的人和事，共同构成了她充实而丰富的大学生活，也体现了郑州大学与台湾的情缘。

初入郑大：新奇与挑战并存

谢妤彤从小生活在台湾，很少有机会来到大陆。偶然间了解到郑州大学面向港澳台地区的招生政策，她下定决心通过联合招生考试报考郑州大学，来大陆看一看。被郑州大学教育学院录取后，在父母的支持下，带着雀跃和紧张的心情，谢妤彤开启了大陆的求学之旅。

"想要跳脱自己的舒适圈，开拓视野，体验多元的生活"，这是谢妤彤选择来到郑州大学的初衷。初来郑大，谢妤彤感受最多的就是新奇、有趣。"刚来到郑州大学的时候，就感觉学校很大，出行也很方便。""在这里也可以找到适合自己口味的饭菜，在食堂里，还有卖台湾饭团、手抓饼之类的特色美食，让我感受到家的味道。"

　　快捷的交通、可口的饭菜、便捷的付款方式，这些体验让谢妤彤感受到生活在这儿的便利，但接踵而至的还有挑战。来到郑州，在生活上第一个需要克服的难题就是干燥的气候。"郑州气候比较干，平常我其实不怎么喝水，但来到郑州后，觉得我就是一头'水牛'。"谢妤彤笑着说。让谢妤彤感到最具有挑战性的还是学业，"因为在本科学习基础课程的时候，发现真的跟自己高中学的有很多不一样。在接轨的过程中，有很多不同或者没有学的部分，所以我那时候念起来就很痛苦、很辛苦"。

图1　谢妤彤在完成课业

面对挑战：求知与帮助同在

　　跳出舒适圈，初在郑州大学求学的路上虽然经历许多酸甜苦辣，但这一路上谢好彤也遇到很多有耐心、友善的老师和同学们。

在本科学习期间，因为教学模式和内容的不同，谢好彤要付出更大的努力去弥补自己遗漏和不理解的知识点。询问，是谢好彤最常用的方式，也正是在询问的过程中，谢好彤感受到了来自导师、同学的温暖。比如，在学习微积分的时候，谢好彤遇到很大的困难。为了解决这个难题，身旁的同学们不仅会耐心地帮助她解答，教给谢好彤一些解题的技巧，而且还积极地鼓励她向老师请教，老师也不厌其烦地指导，帮她解决问题，渡过学习难关。除了询问，谢好彤还会上网找一些学习视频帮助自己理解学习上的难题，尝试同学们给她推荐的方法，找到适合自己的节奏，渐渐地，谢好彤在学业上也渐入佳境。

学校也多次组织活动，带领港澳台学子们更好地适应在郑州的生活，感受校地浓浓的情谊。让谢好彤印象深刻的是刚来郑州大学的那一年，学校、省台办和一些港澳台的单位，联合各院系为港澳台学子们举办了一个别具意义的联谊会。那是谢好彤离家的第一个中秋。思念的风从学校吹向家乡，在学校、老师和同学们的陪伴下，谢好彤感到多了一份温暖，少了一份孤单。

老师、同学和学校领导的关心，让谢好彤感触很深，"每一次都会想到一些很小很小，但是很幸福的点，那些时间点构成了那些精彩而又难忘的时刻，然后构成现在的我。同学、老师的帮助，辅导员的关心……正是这些温暖的点点滴滴，才凑成了很幸福的本科生活"。

探索路上：成就与感恩相伴

台湾学生奖学金、2020—2021 学年郑州大学优秀学生奖学金、2021—2022 年郑州大学优秀学生奖学金等，这些都是她取得优秀成绩的见证。

2022 年，她成功考上郑州大学心理学硕士研究生，在熟悉的地方开启了人生新篇章。

2022 年 5 月 10 日，教育学院的岳林强书记与 2018 级辅导员一同看望了谢好彤，对于谢好彤继续留校深造，岳书记竖起了大拇指，并动情地说：

"台湾是祖国不可分割的一部分，你继续在大陆读书非常好。希望你能用自己所学到的知识帮助到更多的人，并且把在大陆的所见所想所感认真记录下来，成为两岸交流的使者。"

步入硕士阶段后，少了初入学的陌生，谢好彤快速适应了硕士生活的忙碌。在学业方面，她积极参与导师在心理健康相关领域的研究课题，获得2023年研究生学业奖学金、2022—2023学年三好研究生等荣誉。

她积极参与许多文体活动以及学校志愿活动，被评为郑州大学二星级志愿者、优秀青年志愿者。她还写了许多心理健康相关的推文，在她心中："只要有一个人因为看到这篇推文有一点儿触动和改变，都让我感受到我正走在实现理想的路上。"

谈及这段长达六年的旅程，谢好彤充满感恩。"除了感谢一路坚持不懈的自己，我也想感谢很多很多的人，这趟旅程如果只有自己是没有办法走长远的。"她说，"谢谢郑州大学所有在这六年旅程中给予我帮助和支持的老师们，在我需要帮助时总能为我伸出援手。"

青春的乐章从海峡那头流到这头，在中原、在郑大，谢好彤的六年青春连接起的是深深的校地情缘，而她与这里的故事仍在继续。谈及发展规划，她说："目前的倾向是留在大陆发展，因为我已经习惯了在这里的生活。"

"回想六年前决定来到郑州大学求学的契机，我想我是生逢其时，习近平总书记欢迎台湾青年来大陆追梦、筑梦、圆梦的号召，给了身为台湾青年的我一个能展现自我风采的机会，在未来我也会步履不停地持续追求卓越、实践自我。"

（王仪文　熊　佳　撰稿　图片来自受访者）

耕耘与收获篇

敢闯，会创，大河南！
——"河南三分钟"展郑大活力、秀中原风采

　　2024 年 10 月 15 日，中国国际大学生创新大赛（2024）冠军争夺赛在上海举行。作为中国国际大学生创新大赛（2025）的承办方，郑州大学在总决赛的最后环节呈现了精彩的"河南三分钟"。该节目以"'豫'你创未来"为主题，充分体现了经典豫剧与现代舞蹈、传统农业与现代城市、科技创新与河南优秀传统文化的深度融合，展现了历史厚重、青春活力、创新开放的河南形象。

图 1　"河南三分钟"表演现场

颂文化科技，舞青春风采

"敢闯，会创，大河南！"鼓点落，戏音起。"河南三分钟"节目以曲调婉转的豫剧唱腔开场，穿着戏服的豫剧演员身段挺拔，步履轻盈，轻轻挥动着衣袖，踩着鼓点走上舞台，一招一式、一舞一步，尽显豫剧的独特魅力。同时，舞蹈演员们用活泼的舞姿与戏曲表演交相辉映，碰撞出了别样的火花。

"交通心脏在中部，陆海空网新丝路，米字高铁中国速度，中欧班列一带一路，郑州航空港区打开中原国际贸易门户……"现代说唱元素的加入，更是将现场的氛围推向了高潮。刹那间，音乐的起承转合与表演形式的千变万化为观众带来了一场视听盛宴。

在舞台的大屏幕上，精彩的短片展示着郑大发展的日新月异。音乐逐渐放缓，武术表演者走向舞台中间，将太极的流畅与少林拳的凌厉通过行云流水的动作表现出来。舞台中央的豫剧演员手持长枪，动作矫健有力，一段"穆桂英我还有那当年的勇，青年们也该有那当代的威风！咱不挂帅谁挂帅，咱不创新谁来创新！"让人心潮澎湃。

"河南三分钟"还巧妙结合了由郑州大学科研团队自主研发的科技创新元素——中国航天员出舱宇航服头盔面窗。宇航员手捧麦穗，从台阶上缓缓走下，代表河南农业大省的麦穗与极具科技感的宇航员形象相结合，使整个作品的内涵更加丰富。为了更贴合大赛主题，节目邀请了郑州大学留学生参与表演。他们穿着具有中国特色元素的服装，与中国学生们一同展现青春的最美姿态。

三分钟的表演接近尾声，现场的氛围被活力四射的郑大学子点燃。"郑州大学来相聚，青春河南欢迎您！"这一句口号响彻场馆，郑大学子的这一齐声高呼，呼出了郑大人"我敢闯，我会创"的精神风貌，呼出了当代青年人的青春活力，既彰显了中原大地深厚的文化底蕴，又顺应了时代发展潮流，迸发出新兴的科技之光。

凝团结合力,展人文魅力

当接到教育部和省教育厅布置的"河南三分钟"表演任务时,郑州大学迅速行动。校党委书记别荣海、校长李蓬院士高度重视,党委副书记王利国周密安排和部署,党委宣传部统筹协调,教务部、资产与财务部、保卫处、校团委、大学生就业创业指导服务中心、后勤保障中心、体育学院(校本部)、书法学院、河南音乐学院等相关单位协同配合,共同为节目的排练提供全方位的保障。

时间紧、任务重,自9月23日起,68名学生演员便以饱满的热情和昂扬的斗志投入日常排练中。学生们经历了前所未有的辛苦与挑战——他们每天从清晨到深夜,不辞辛劳地练习每一个动作和表情,甚至在国庆假期也全身心投入排练中。汗水浸湿了衣衫,但他们从未言弃,不断挑战着自我,力求在每一个细节上都做到完美。电气与信息工程学院2021级的王心刚分享道:"我们在上海进行了长达七天的彩排活动。其间,联合排练时常会延续至深夜。但即便到了凌晨时分,我们依然保持着高度的待命状态,随时准备投入排练中。"

图2　全体工作人员现场合影留念

在节目筹备和排练过程中,校领导李蓬、王利国、刘春太、王海杰、陈曦多次莅临现场慰问演出学生,为他们加油鼓劲。带队教师们全程陪伴在学生们身边,他们不仅负责技术指导,还时刻关注学生们的状态,给予他们鼓励和支持。这不仅极大地鼓舞了学生们的士气,也让他们感受到了来自学校的温暖和关怀。体育学院(校本部)2022级的毋德轩表示:"领导们来到现场为我们加油,为我们注入了无穷的动力。大家都非常兴奋,现场氛围异常热烈。"

迎挑战挑重担,显郑大力量

如何在短暂的三分钟内高质量展现河南文化? 在不到一个月的时间内完成这个任务,无疑是一个巨大的挑战。

党委宣传部积极响应教育部及省教育厅相关领导的指导意见,反复打磨演出脚本,力求在有限的三分钟内呈现出河南的深厚文化底蕴并展现郑大学子的精神风貌。在这个过程中,他们遇到了不少挑战:如何将现代舞蹈元素与经典豫剧艺术巧妙融合? 如何在舞台上展现郑大学子的青春活力与责任担当? 有限时间里如何紧迫筹备高质量节目? 党委宣传部部长孙保营表示:"教育部统筹安排郑大承办中国国际大学生创新大赛(2025),体现了教育部和省委省政府对我校的高度认可和充分信任,也提供了展示学校文化魅力、治理能力和精神文明建设成效的难得机遇,这既是一份荣誉,更是一份责任。承办大赛前呈现精彩的'河南三分钟',这是一个重要考验,一定要尽最大努力把节目效果做好。"

在种种困难面前,团队齐心协力,展现了非凡的创造力与执行力。在谈及筹备过程时,党委宣传部副部长余书雨难忘当时的奋战时光:"我们白天紧锣密鼓地进行排练,精心录制视频提交给教育部审阅。到了晚上,我们则根据反馈意见进行细致修改,力求每一个细节都能达到最佳效果。"

这次"河南三分钟"的成功表演,赢得了现场观众的阵阵掌声。它如同郑州大学乃至河南省的一张亮丽名片,为即将到来的中国国际大学生创新大赛(2025)增添一抹别样的色彩,向世界展现了河南乃至中国的独特魅力与创新精神。

习近平总书记给中国国际大学生创新大赛参赛学生代表的回信中写道:"全社会都要关心青年的成长和发展,营造良好创新氛围,让广大青年在中国式现代化的广阔天地中更好展现才华。"对此,郑州大学党委副书记王利国表示:"作为明年大赛的承办高校,郑州大学将牢记习近平总书记要求,全力以赴做好筹备和组织工作,为参赛选手创造良好的比赛环境,确保大赛圆满举行,同时鼓励引导广大学生勇担服务高水平科技自立自强的使命,积极投身科技创新实践。"

面对即将到来的 2025 年,郑州大学将秉承"创新无限,大美河南"的宗旨,不断推动优秀传统文化与科技创新双向奔赴,引导广大学子将学科专业素养融入科技创新之中,着力激发学习热情和创新精神,为打造中国国际大学生创新大赛盛会蓄力赋能。

(李艳丽 蔡子慧 冯靖航 撰稿 图片来自受访者)

一块航天面窗的极限攻坚

"5,4,3,2,1,点火!"4 月 25 日 20 点 59 分,神舟十八号载人航天飞船顺利升空。

在实验室里远程看着这一刻,郑州大学副校长、郑州大学橡塑模具国家工程研究中心执行主任刘春太百感交集:"从神七、神九、神十、神十一……到今天的神十八,看到三位航天员再次戴着我们研制的航天面窗执行新的任务,我还是像第一次那样,紧张、高兴、自豪。"

在轨驻留期间,神十八乘组将穿着舱外航天服,实施 6 次载荷货物气闸舱出舱任务和 2 到 3 次出舱活动。而出舱航天服头盔上的面窗依然是由郑州大学橡塑模具国家工程研究中心研制的。这个面窗可不是一块普通的透明材料,这里边有着大学问。

在郑州大学橡塑模具国家工程研究中心产品展区,记者见到了此次航天员出舱佩戴的同款面窗。没有灯光与布景,它们一字排开,陈列在蓝色绒布上,静静地展示着无言的辉煌。

从神七的第一代出舱面窗,到目前正在用的第二代太空工作站舱外航天服面窗,刘春太对它们如数家珍:"从神十二到神十八,我们叫新一代的航天面窗,那这一代面窗主要是四层结构,里面两层是充了氮气的,防结雾;再外层第三层,我们叫压力面窗,防冲击;最外层这个面窗主要是防太阳的辐照。还有一个就是我们为了增加航天员的视野,设计了天窗,航天员可以抬头看看更广阔的星空。"

而 19 年前，郑州大学橡塑模具国家工程研究中心对航天面窗的研制还停留在零经验阶段。

从 0 到 1 的突破，第一代出舱面窗叩开浩瀚宇宙的大门

"神舟七号报告，我已出舱，感觉良好。神舟七号向全国人民、全世界人民问好。"时光回到 2008 年 9 月 27 日下午，航天员翟志刚即将执行出舱任务。

"当这个舱门缓缓打开，航天员戴着面窗慢慢地走了出来，我们的心情非常激动，也非常骄傲，当然也充满了不安。当航天员重新回到我们这个太空舱里面的时候，我知道，我们成功了!"

时隔多年，再回想起那个时刻，刘春太眼角有些湿润。"我们团队负责人申长雨院士当时正在现场，当航天员出舱的时候，他说，'他的腿都是软的'。成功了，就是为国争光，如果失败了，我们就是民族的罪人。"

2005 年 6 月，郑州大学橡塑模具国家工程研究中心正式接受中国航天员科研训练中心委托，研制航天员出舱头盔面窗。"当时，没有任何经验可以借鉴，我们毅然接下了这项任务。材料的选型、模具的设计、工艺的优化等，一切都是从零开始。"刘春太说。

宇宙浩瀚迷人，但是同样伴随着气压大、辐射强、昼夜温差大等挑战，这些都对航天面窗的材料和设计提出了异常苛刻的要求。

作为航天服最薄弱的环节，面窗就像航天员的"眼睛"，不仅要给航天员提供清晰、良好的视野，更是航天员生命保障最关键的部件之一。"如果我们的面窗有哪怕一点点的缺陷，我们航天员的生命都会受到威胁，因此，我们在整个工作中要做大量的地面考核实验，特别是一些恶劣环境的实验。"刘春太介绍道。

郑州大学橡塑模具国家工程研究中心教授韩健说，每次做模拟太空环境的高低温测试，大家都要连续十几天 24 小时轮流值班，观察情况、记录数据。"太空中的温度环境是极端恶劣的。因为没有空气传热和散热，受阳光直接照射的一面，温度可能高达 100 ℃以上，而背阴的一面，温度可以低到 -100 ℃以下，所以航天面窗必须承受住极端的热胀冷缩，来保证没有缺陷

产生。"

历经近千个日夜、数百次实验,他们终于在 2007 年 6 月,研制出了面窗初样产品。然而,正当大家为终于完成任务击掌庆祝时,一次水下极端试验的结果传来,犹如晴天霹雳:产品在一次完全模拟太空环境的实验中出现了缺陷。

一年多的心血付之东流,等待他们的是冷冰冰的"归零"考验。"我们国家战略产品,一旦归零,那是一个非常惨的状态,就要重新从零起点开始做。"刘春太说。

彼时距离规定的任务完成时间只剩下短短三个月。要一切推倒重来,任务重,要求高,如何完成? 团队所有的人都感受到了前所未有的压力。"那年夏天,我们放弃了假期和双休日,四处走访专家,对我们的设计从头到尾进行全方位的复查,连一根微小的线条都没有放过。"

幸运的是,他们找到了失败原因,也有了改进措施。2007 年 7 月,短短 1 个月时间,研发团队重建了 5000 平方米的航天面窗专用车间,并找到一个国家专用平台,把材料从原料、成型装备、模具设计、加工工艺等各个环节,在 –100 ℃到 100 ℃环境中的性能全部测试了一遍。

一次次失败,一次次从头再来。两年多时间,郑州大学科研团队终于生产出我国第一代自主研发的出舱面窗产品。在最终的检验时刻,看着航天员翟志刚带着五星红旗在太空漫步招手,刘春太激动地说:"那一刻,中国成为世界上第三个掌握太空出舱技术的国家,浩瀚的宇宙,从此向我们国家打开了大门。"

从 1 到 100 的跨越,成功研制太空长期驻留的航天面窗

2008 年,郑州大学橡塑模具国家工程研究中心团队荣获"中国载人航天工程突出贡献奖"。

还没有来得及好好庆祝,他们又接到了新的任务——研制航天员太空长期驻留的航天服面窗。"神七出舱,我们的五星红旗首次飘扬在太空,但是,整个过程只有不到 18 分钟,并没有经历长时间的考验。"

如果说第一代面窗是从0到1的突破,那么第二代面窗则要实现从1到100的跨越。刘春太说:"长期驻留,短短四个字,却对航天面窗的结构性能提出了更高的要求。我们材料成型讲究宏观成型、微观成性,高分子材料作为一种大分子材料更是复杂,它就像一团乱麻。在成型的过程中我们要控制材料的高分子链的分布,我们要通过我们的模具设计、我们材料的工艺来实现,因此,每个细节都需要攻关。"

图1　刘春太在观察航天面窗

为了提高航天面窗的抗老化性能,他们专门开展了树脂的热稳定性研究,并在世界上首次建立了成型-光学性能分析和测试理论。2012年,郑州大学橡塑模具国家工程研究中心科研和工程技术人员成功研制出了新一代航天面窗,使航天面窗有了更长的寿命、更高的安全可靠性。"我们制造一个产品,需要非常多的工艺环节,包括我们从原始材料这个环节、成型的环节……当然,材料制品出来以后,还有镀膜的环节,我们怎样控制它的材料制品的精度,怎样控制每一个过程的工艺参数,这里面每一个都不能出错。"

随着科技含量的快速提升,保密的要求也越来越高,刘春太无法给记者介绍从1到100这个过程的更多细节。只能用航天科技人那一丝不苟的精神去为产品质量立下保证。

2021年,神舟十二号、神舟十三号载人飞船先后成功发射,在这两次任务中,航天员戴着由郑州大学橡塑模具国家工程研究中心团队研制的新一代舱内服面窗及出舱服面窗,两次在舱外作业时间均超过6个小时,刷新了中国航天员单次飞行任务太空驻留时间的纪录。

目标星辰大海，下一代航天面窗研发已经启动

"中国载人月球探测工程登月阶段的任务已启动实施，总的目标是，2030 年前实现中国人首次登陆月球……" 2023 年，在神舟十六号载人飞行任务新闻发布会上，中国载人航天工程新闻发言人、中国载人航天工程办公室副主任林西强宣布中国航天的脚步将向更深远的太空迈进，这对航天面窗提出了更高要求。

当前，刘春太带着年轻的科研团队走上航天面窗新的研发征程。"我们研发航天面窗的过程，跟我们国家的载人航天工程三步走战略是相伴的。从 0 到 1，从 1 到 100，再到走向深空，在不断攻坚克难的过程中，我们也感受到中国航天事业的伟大。"

外太空没有地球磁场保护，宇航员要面对的，是相当于核爆炸甚至更强的太空辐射等多重危险，这对第三代航天面窗的研发提出了更高的要求。

"这就是航天员戴的最外层的滤光面窗，它镀了一层薄薄的纳米金，就是要抵抗外太空强烈的太阳辐照，使航天员在太空中既能得到保护，又让他视野看得比较清晰，感觉比较舒适。"实验室里，郑州大学橡塑模具国家工程研究中心韩健教授正带着他的博士生团队做透光实验。看似只是在透明面窗外镀上一层薄薄的纳米金，但需要解决的难题并不少。"每一个阶段、每一代产品，没有最好，只有更好。"韩健说。

刘春太说："尽管目前已经攻克了关键技术，但新产品能不能通过最终考验，还要大量论证。"对此，实验室也搭建了全国唯一一台月面环境模拟器，正在围绕一些挑战性的问题开展攻关。

"可上九天揽月，可下五洋捉鳖，谈笑凯歌还。" 1965 年 5 月，毛泽东重上井冈山，写下这阕《水调歌头》。彼时，中国航天还只是一纸蓝图。如今，飞上九天这个浪漫的梦想正在一步步变为现实。而这飞天梦想中，蕴含着无数航天人的坚守和奉献。航天面窗，一个看似简单的小部件，却是这种精神的大写照。

（成书丽　王含冰　赵　北　和方远　撰稿　图片来自受访者）

郑州大学汉字文明研究中心党支部被评为国家级样板支部

2019 年,郑州大学汉字文明研究中心党支部成立,由教育部长江学者、郑州大学特聘首席教授、汉字文明研究中心主任李运富担任党支部书记,是文学院第一个"双带头人"党支部。

2023 年,这个支部被评为郑州大学首届"党建工作样板党支部",2024年又获得国家级样板支部荣誉,并获评河南省高校"双带头人"教工党支部书记"强国行"专项行动团队。

图1　汉字文明研究中心党支部部分党员合影

2024 年，教育部公布了第三批"全国党建工作样板支部"建设单位验收通过公示名单，郑州大学汉字文明研究中心党支部顺利通过验收，正式获得"全国党建工作样板支部"荣誉称号。

一个和汉字有关的支部，何以在短短几年内就成为国家级的样板党支部？这个支部究竟有什么突出之处？又是如何以郑州大学"双一流"建设发展为契机，引领整个汉语言文字学科快速发展的？

支部建在团队上：头雁领航，群雁齐飞

汉字文明研究中心党支部在成立之初，就明确了"支部建在团队上"的组织原则，党员人数占中心教工总人数的 80%。"一个支部就是一座堡垒，一个党员就是一面旗帜，每位党员各司其职，做好先锋，当好表率，团结一心，就能影响和带动整个学术团队的进步。"支部书记李运富教授如是说。

李运富教授是一位拥有 30 年党龄的老党员。2016 年，他作为汉语言文字学专家从北京师范大学受聘至郑州大学，创建了汉字文明研究中心。

8 年时间里，他持续在汉字学领域开疆拓土，成绩斐然。发表论文 70 余篇，出版著作 20 余种；获批国家社科基金重大项目 1 项，古文字与中华文明传承发展工程重大项目 3 项，教育部国家语委重大委托项目 1 项，国家语委重点项目 2 项，其他项目 10 余项；获评河南省优秀共产党员、文明教师、社科年度人物、优秀社科专家等荣誉称号；获得教育部第九届高等学校社科优秀成果综合学科普及奖、河南省社科优秀成果一等奖、"翻译河南"优秀成果特等奖、河南省高校优秀成果奖特等奖等 10 多个奖项。

作为郑州大学中国语言文学一级学科带头人和文学院前任院长，在他主持下，郑州大学文学院申报并获得中国语言文学一级学科博士点，获批"汉语言文学""国际汉语教育"2 个国家一流本科专业；新获国家级学术平台 3 个，省级学术平台 4 个；引进高层次人才 8 人，并带领郑州大学中国语言文学一级学科在全国第五轮学科评估中实现跳升两级的跨越式发展。

头雁领航，群雁齐飞。在李运富教授的影响和激励下，教师们潜心学问，捷报频传：截至目前，支部所在团队共承担各类科研项目 100 余项，其中

国家社科基金重大项目5项,国家古文字工程重大项目12项(视同国家重大项目)。出版论著52种,发表论文290余篇。获教育部高校社科优秀成果奖1项、中华优秀出版物(图书)奖提名奖1项、河南省社科成果一等奖及其他奖励近30项。团队先后获得河南省人文社科重点研究基地、河南省特色骨干学科、河南省高校新型品牌智库、河南省本科高校黄大年式教师团队等荣誉称号。

"李老师是榜样,是标杆。有他在,团队上上下下心气儿高、干劲儿足,都想拼出一番事业来。"党员教师温敏教授说。

目前,汉字文明研究中心团队已有20人,18人具有高级职称,其中包括社科院学部委员、教育部长江学者、教育部高校中文类专业教学指导委员会委员、国家社科基金语言学科和历史学科评审委员、国家古文字工程专家委员会委员等。

"李老师默默地关注着我们每个人的发展,想尽办法帮助我们,不让任何一个人掉队。"青年教师王晓玉每每谈起李老师,心中总是充满感激。

理论"四学"工作法:学思践悟,入脑入心

党的十八大以来,党中央始终把党员学习教育工作摆在重要位置。如何能够激发党员教师的积极性,使政治理论学习不仅"入眼入耳",还能"入脑入心"?

"四学"工作法,是汉字文明研究中心党支部的破题妙招。

先锋党员互动学。支部坚持每月开展"先锋党员讲党课"品牌党日活动,形成党课"书记带头讲、全员轮流讲"的学习模式。"如今由倾听者变为讲述者,角色的转变带来了更多的'真看、真听、真感受'。"党员刘风华老师表达了自己内心的想法。

线上融媒多向学。目前,全国思政网"育人号"和郑州大学组织部门户网站上,开设了汉字文明研究中心党支部的专题网页。支部运用好这两个平台,及时整理发布党的最新方针政策和重要会议内容,定期汇总上传习近平总书记关于文化、教育、人才、语言文字等相关问题的重要讲话,并特别策

耕耘与收获篇

划"党史教育""学习党的二十大精神"等专题稿件。同时,运用"汉字文明"微信公众号和微信群,定期发布党政学习资料,督促学习,交流体会,开辟党员学习交流、提升思想政治素养的新阵地。

知行合一实践学。党支部每年都会前往红旗渠、大别山、焦裕禄纪念馆等地,开展沉浸式的党性学习教育活动。

教师们在焦裕禄纪念馆门口的党旗前重温入党誓词;在红旗渠的山路之上,自发唱起红歌;在信阳大别山,穿上红军服装,重走长征路……在一步一个脚印的红色实践中,大家的灵魂受到洗礼,思想得到升华,心灵的距离也更亲更近了。

党业结合创新学。支部以语言文字为抓手,开展多种党建活动。开展"习语润心田,风来翰墨香"书法比赛,以甲骨文、金文、小篆等古文字书写习近平总书记语录中的经典语句;举办"守初心·明党纪"廉政标语创作,并设计成海报,在微信群中进行展览,同时制作成精美书签发放给党员老师……

通过多维度的学习实践,支部党员教师提升了政治理论修养,拓宽了学术研究视野,主动将学习成果转化为思想理论成果。党员教师主持2项省级项目"研究阐释党的二十大精神""习近平总书记视察延安、安阳重要讲话精神",结项均获"优秀"等级;主持4项郑州大学课程思政示范课程,荣获校级师德师风案例一等奖1项;支部制作的红色人物微视频《奉献中原教育,传承汉字文明——中原历史文化一流学科领军人物李运富教授》,获郑州大学"讲好红色故事,传承红色基因"微视频大赛一等奖。

此外,支部还组织教师共同编写《中华传统价值观的汉字学阐释》丛书(12本)和《汉字与社会主义核心价值观》等理论著作。李运富教授在《中国社会科学报》头版整版发表学习习近平总书记重要讲话精神的理论文章;齐航福教授在河南报业集团顶端新闻客户端发布"甲骨文解读红旗渠精神"系列文章。他们都选择从文字学角度挖掘中华文明的突出特性。

牢记嘱托:深耕文字,文化传承

"甲骨文是迄今为止中国发现的年代最早的成熟文字系统,是汉字的源头和中华优秀传统文化的根脉,值得倍加珍视,更好传承发展……要重视甲骨文等古文字研究,确保有人做、有传承。"

2019 年 11 月 1 日,在人民大会堂举办的纪念甲骨文发现 120 周年座谈会上,习近平总书记发来贺信。

会上,由汉字文明研究中心团队编纂的《甲骨春秋》纪念图册正式发布。《甲骨春秋》由教育部国家语委在 2019 年以重大项目的形式委托李运富教授主持编纂。对于学术研究而言,一年的时间完成一个重大项目,理论上是极为困难的,而对于汉字文明研究中心的教师来说,这既是政治任务,更是对文化传承的责任与担当,务必克期完成。

谈起那段并肩作战、日夜兼程的日子,参编的教师颇为感慨。"图册对照片的要求很高,很多甲骨图片,包括考古现场的高清原始图片很不好找,我们几位老师经常往外地跑,跟版权所在的博物馆、出版社沟通,有时候也免不了吃闭门羹。""为了一张高清原始图,最远去到台湾的文化机构,花了很多钱,说了很多好话,才买回来。""记得有次晚上 7 点开线上会议,大家讨论得太投入了,一看表已经深夜 12 点多了。"……

人心齐,泰山移。历时一年时间,凝聚着众人心血的《甲骨春秋》终于成书,由商务印书馆出版。作为一本学史性纪念图册,《甲骨春秋》图文并茂,兼具学术性、可读性、观赏性,先后荣获河南省社科优秀成果一等奖、教育部第九届高校社科研究优秀成果奖(综合学科普及奖),并入选 2019 年"中版好书"榜。

"中国的汉文字非常了不起,中华民族的形成和发展离不开汉文字的维系。"习近平总书记的殷切嘱托萦绕在耳畔,铭记在心间。汉字文明研究中心凝心聚力,将更多精力投入汉字文明的传承发展和古文字资源的整理研究中。

汉字文明研究中心建设国家级古文字研究平台,筑造汉字文明研究高地。2021 年,汉字文明研究中心成功入选中宣部、教育部等国家八部委联合开展的"古文字与中华文明传承发展工程"协同攻关创新平台建设单位。在三次年度考核中,2022 年排名全国第三,2023 年排名全国第二,2024 年排名全国第一。汉字文明研究中心先后获批古文字工程项目 22 项,其中重大项目 12 项。出版《甲骨春秋》《汉字之光——照亮中华文明》《字里中国》等古文字学著作 30 余种。

汉字文明研究中心深入挖掘河南古文字资源，擦亮"汉字故乡"文化名片。河南是汉字文明的发源地，具有丰富的汉字资源和悠久的汉字研究传统。近年来，支部教师重点开展河南省内文字资源的整理研究与阐释工作，获批国家社科基金重大项目"河南公家和民间藏甲骨的整理研究"、国家古文字工程重大项目"河南藏甲骨集成"和"河南古文字资源调查研究"等。汉字文明研究中心团队已出版《河南藏甲骨集成 开封博物馆卷》《河南藏甲骨集成 新乡博物馆卷》《河南藏甲骨集成 周口关帝庙博物馆卷》和《洛阳新见汉晋北魏砖瓦文字辑录》等，这些图书也获得多项奖励。后续还有多部著作即将出版，助力河南从古文字资源大省向古文字研究强省迈进。

开办古文字专班：协同培养，春风化雨

学科振兴需要优秀人才的支撑，青年人才培养的问题，关乎党和国家古文字事业的长久大计。

在李运富教授的倡议下，2020 年，文学院本科生"古文字特专班"成立。特专班从已入校的一年级学生中，根据自愿原则择优选拔，采用"一制二专三化四通"的模式，培养古文字青年人才。牛振、苗利娟、张阳等多位支部党员教师主动请缨，担任特专班班主任，负责具体的管理工作，带领多名学生获得河南省汉字能力大赛一等奖，并荣获省级优秀班集体荣誉称号。《中国社会科学报》等对特专班进行过报道。

特专班教学注重思政教育和价值引领，党支部创建"红船领航"全国样板党支部学生工作团队，组织学生定期开展政治学习，整理习近平总书记关于文化、教育、人才、语言文字等相关问题的重要讲话，将古文字特专班打造成青年马克思主义者的蓄水池，将"学知识、强本领"与"学思想、强党性"并重，为党育人、为国育才，不断完善党建与专业人才协同培养机制。特专班采取导师负责制，每位学生都有专业导师和生活导师，从学业和生活等多方面给予指导。

"送你一朵小红花,开在你昨天新长的枝丫。奖励你有勇气,坚持到毕业了啊……"2024年6月,第二届古文字特专班毕业欢送会如期举行。支部的党员教师们自己改编歌曲,填词演唱,为学生们送上了一份精心准备的毕业礼物。

"三年古文字专业的系统学习,让我真切感受到了中华文明的深厚魅力,感恩每位老师对我们的无私帮助,没有古文字特专班,就没有现在的我。"2020级的田郁菲在最后的发言环节动情地说。

她曾参与多个教师的国家级科研项目,大三时就在中文核心期刊上独立发表论文。2024年9月,她前往复旦大学,继续攻读古文字学的研究生。截至2024年,古文字特专班两届共28名学生毕业,其中23名赴清华大学、复旦大学、爱丁堡大学等国内外知名高校攻读研究生,平均升学率达到85.7%。

反躬得以践其实:建言献策,服务社会

"穷理以致其知,反躬以践其实。"汉字文明研究中心党支部密切关注党和国家的语言文字政策,坚持党建和业务深度融合、协同提升的"党建+汉字"发展之路,以专业知识积极服务国家文化发展。

多篇资政报告被教育部等机构采纳;担纲中宣部"十四五"重点项目的论证工作,参与教育部"国家语言文字事业'十四五'发展规划"和"国家哲学社会科学'十四五'发展规划"制定前的调研工作,为文化强国建设提供智力支持,贡献智慧与力量。

习近平总书记指出,"从国情出发,从中国实践中来、到中国实践中去,把论文写在祖国大地上,使理论和政策创新符合中国实际、具有中国特色,不断发展中国特色社会主义政治经济学、社会学"。支部教师董艳艳常年组织开展"推普助力乡村振兴"全国大学生暑期社会实践志愿服务活动,2023年,她带领学生团队对接四川省甘孜州新龙县与理塘县小学教师,开展普通话及中国传统文化的推广普及工作。

优异的表现被认可,教育部语言文字应用管理司和共青团中央青年

发展部向郑州大学发来表扬信。

支部书记李运富表示,未来,文学院汉字文明研究中心党支部将继续积极投身到党的语言文字事业的发展大局中,保护好、利用好河南省丰富宝贵的汉字文化资源,继承好河南悠久的汉字研究传统,发挥好汉字文明在传承弘扬中华优秀传统文化中的作用,培养好具有深厚人文素养、扎实学术功底的人才,努力在汉字发源地构筑起具有广泛社会影响力的汉字文明高地,为党和国家的文化传承事业贡献力量。

（李　晶　李艳丽　撰稿　图片来自受访者）

网络空间安全人才培养的探索
——郑州大学网络空间安全学院拔尖人才实验班纪实

近日,由教育部高等学校网络空间安全专业教学指导委员会主办的第十七届全国大学生信息安全竞赛——创新实践能力赛决赛在四川大学举行。郑州大学网络空间安全学院拔尖人才实验班杨浩琦、吕玉培、曲奎润、夏君豪等4位同学组成的SSSec0战队获得一等奖,指导教师曹琰获得"优秀指导教师奖"。

图1　拔尖人才实验班战队参加第十七届全国大学生信息安全竞赛——创新实践能力赛决赛颁奖现场

本次大赛吸引了来自全国 543 所高校、2830 支战队、9444 人报名参与，参赛高校数量、参赛战队数量、参赛人数均创历届新高。经过全国线上初赛和 8 个分区赛层层选拔，最后遴选出 80 支优秀队伍入围全国总决赛。SSSec0 战队以华中分区赛第四名成绩晋级决赛，最终荣获一等奖，学校在网络安全学科竞赛中取得历史性突破。

此次突破是我校网络空间安全学院拔尖人才实验班（以下简称嵩山班）的育人成果，也是我校探索网络空间安全人才培养的积极反馈。

面向需求　开辟紧缺人才培养通道

随着网络技术的飞速发展，网络安全问题日益凸显，网络空间的竞争已经成为大国竞争的一部分。网络空间的竞争，归根结底是人才竞争。

我国正在深入推进网络强国战略，但至今仍面临网络安全人才的巨大缺口。"数据显示，到 2027 年，我国网络安全人才缺口仍然达 300 多万，真正具有实战能力的网络安全人才更是严重匮乏，因此，培养高水平网络安全人才时不我待。"网络空间安全学院王清贤教授分析道。

郑州大学重视网络安全人才培养，积极探索紧缺人才培养的新思路、新方法、新机制。2018 年，郑州大学网络空间安全学科硕士学位点获批招生。2021 年，郑州大学开辟网络安全人才培养特别通道，从制度层面支持网络空间安全学院设立本硕贯通培养的嵩山班。

嵩山班采用六年制本硕贯通培养方式。聚焦网络主动防御、网络与系统安全、信息内容安全、逆向工程、数据安全与人工智能、网络密码等六个人才培养和研究方向。根据本硕贯通人才培养方案，嵩山班旨在培养综合素质过硬，具有较强网络对抗能力和创新实践能力，能够在网络空间安全领域发挥积极作用的复合型特殊拔尖人才。"嵩山班的开办，开启了实战型、创新型网络空间安全特殊拔尖人才培养的新思维、快车道。"网络空间安全学院副院长林楠教授说。

改革创新 探索拔尖人才育人体系

记者走进网络空间安全学院一楼学习室时,发现嵩山班的同学正在自主学习、热烈讨论,不同于通常大学自习室里安静的景象。"每位同学都有一个固定的工位,工位全天开放,同学们之间研讨、交流的氛围非常浓厚。"网络空间安全学院 2020 级嵩山班的李宗霖说。

怎样才能培养拔尖创新人才?嵩山班与其他班有何不同?根据育人目标的科学定位,嵩山班在招生制度、课程体系和培养机制等方面进行了独具特色、科学严谨的改革创新。

嵩山班实行校内海选招生。为了招到真正立志于从事网络安全的高质量生源,从全校本科一年级相关专业学生中选拔基础扎实、特长突出、成绩优良的网络安全人才,经过笔试、机试和面试,挑选出具有潜力的学生,进入嵩山班学习,开启本硕贯通的教学模式。

嵩山班实行小班教学,班级 30 人,每 2 名学生 1 位学业导师,另有专业课教师和竞赛指导教师。"学生几乎与教师朝夕相处,教师也可关注到每位同学,做真正意义上的领航人。"嵩山班导师李翠霞教授说。

"六年一贯制"本硕贯通的课程体系是嵩山班的一大特色。一般而言,完成本科和硕士阶段学习需要"4+3"学年。嵩山班是"4+2"学制,指的是包括大学本科一年级在内的六年学制,缩短了紧缺人才培养的周期。

"夯实数学基础,精通基础软件,锻造攻防利剑,护我网络安全",是嵩山班的课程设置理念。网络安全防护、网络对抗技术、恶意代码分析与检测、逆向分析等攻防特色的课程设置,形成了丰富的攻防知识体系。本科阶段,除了基础课和网络空间安全专业核心课程以外,还涉及数学建模、电子技术、人工智能等相关课程,加强数学能力、软硬件结合能力培养。王清贤教授解释说:"数学能力和编程能力是优秀网络安全人才的基本功,而通识教育和对相近专业的了解也是综合能力培养必不可少的一环。"学生在第七学期获得推荐免试攻读研究生资格后,完成本科学业的同时,开始学习研究生课程。

学制缩短但内容不变，所以相对普通班而言，嵩山班课程门数多、难度大、作业多，由于有淘汰机制，竞争氛围激烈。"我对这些课程的接受度是比较高的，嵩山班的授课不是简单的 PPT 教学，都是人手一台电脑，我们边讲边练，参与度比较高。""我们上课使用的都是真实案例，比如说恶意代码与分析这门课，我们会在电脑上建立一个虚拟机环境或沙箱环境，操作老师发送真实且具有破坏性的病毒。"

嵩山班注重培养学生的编程能力、逆向能力、攻防能力等网络安全实战能力，力求高质量培养具有"家国为先、创新进取、制胜出奇、逆向质疑"等精英特质的网络空间安全拔尖人才。

全程导师制　以创新实战能力为导向

突出实战培养是嵩山班的一大鲜明特点。网络空间安全学院与 360、奇安信等网安头部企业建成了"郑州大学网络空间安全校企合作创新研究实验中心"，共建网络攻防、网络靶场、漏洞分析、源代码安全、物联网安全、移动互联网安全、工业互联网安全、电子数据取证等八个校企联合实验室，对嵩山班学生全部开放，打造了演练融合的开放创新平台和练战一体的实训环境。

企业为网络空间安全的人才培养提供多方面支持，如北京奇安信公益基金会向嵩山班捐赠设立"奇安信助学基金"，并设立"奇安信杯"网络安全竞赛奖金。网络空间安全学院院长胡传平教授说："校企联合是双方基于高水平人才培养的共同强烈愿望而实施的战略协作，有利国家、惠及社会、校企双赢、助力人才成长。"

嵩山班学生培养采用全程指导制，以"优选导师、双向选择、全程指导"为原则，实行导师团队负责制和本科生全程导师制，确保本硕课程融合贯通、科研实践有效衔接，坚持全程指导、演练结合的体系化教育教学思路，形成了"团队引领、学用结合、实战检验"的创新实践能力培养机制。

学业导师、专业课导师、竞赛指导老师，嵩山班给学生配备不同需求的导师。学业导师为学生传授课程内容的同时，解答学生在专业方向和课题研究中的疑问。满足学生不同需求的导师制能够有效助力本硕课程融合贯通、科研实践有效衔接。

嵩山班学生培养采用全员参赛制，从低年级校级赛到高年级全国赛，从课程实验到假期集训，嵩山班坚持以赛促学，以"实战检验"作为重要导向。自开班以来，坚持组织学生进行寒暑假集训和常态化研讨。不同年级制定不同层次的训练计划。二年级以编程能力提升和网安竞赛基础能力培训为主，三年级以竞赛能力提升和专业及项目能力训练为主，四年级以护网能力提升锻炼和参加企业实践为核心内容。常态化研讨则根据课程安排情况组织不定期研讨，并有老师在场指导。

嵩山班虽然开设不久，却在各种竞赛中屡获佳绩。在数字中国创新大赛和"长城杯"信息安全铁人三项赛全国总决赛中共获得 1 项银奖、3 项三等奖，在第十七届全国大学生信息安全竞赛——创新实践能力赛中，网络空间安全学院嵩山班 4 位同学组成的 SSSec0 战队获得一等奖，指导教师曹琰获得"优秀指导教师奖"。2023 年，Razors 团队参赛项目"基于大语言模型和提示工程的敏感信息泄露检测系统"荣获揭榜挑战赛全国二等奖、"强网杯"全国网络安全挑战赛"强网先锋"称号、"华为杯"中国研究生网络安全创新大赛揭榜挑战赛二等奖、"蓝帽杯"全国大学生网络安全技能大赛二等奖。近年来，网络空间安全学院嵩山班获多项国家级网络安全学科竞赛奖励，并在一系列网络攻防实战演练中取得佳绩。

目前，网络空间安全学院嵩山班在特色专业教育的基础上，坚持"产学研用"一体化建设和本硕贯通、全程指导、演练结合的体系化教学改革思路，形成了独具特色的创新人才实践能力培养机制。嵩山班的经验为紧缺人才培养提供了有益思路，具有一定的示范作用和推广价值，也为教育教学改革注入了新的活力和动力。未来，网络空间安全学院将持续推进人才培养内涵建设和一流学科特色建设，牢牢抓住学校一流大学建设机遇，培养出更多高水平网络安全人才。

（李艳丽　羊　琦　严静然　撰稿　图片来自受访者）

从生态翻译到生态家园

——记外国语与国际关系学院生态翻译学的国际传播

2001 年,郑州大学特聘教授胡庚申首次提出生态翻译学。从生态翻译学概念的初探到生态翻译学理论的建构,经过二十余年的发展,生态翻译学研究在国际社会上受到了广泛关注。作为"源地在中国、成果惠全球"的中国本土原创翻译理论,近年来,生态翻译学吸引了一批又一批的国际留学生来华学习、在豫研究。

波兰留学生梅雅:用"原生化"生态翻译策略保留译本的原貌

梅雅是波兰格但斯克人,目前在郑州大学外国语与国际关系学院攻读生态翻译学的博士学位。2023 年 9 月,梅雅第三次来中国时,选择了在郑州大学从事生态翻译学研究。"申请学校的时候,胡庚申教授给我安排了一次面试,也就是在那次面试中,我第一次听说生态翻译学,并产生了浓厚兴趣。"

来到中国后,梅雅将《红楼梦》作为其"原生化"生态翻译策略的研究对象。在她看来,"原生化"生态翻译策略是生态翻译学两大翻译策略之一。在翻译过程中,强调尽可能多地保留原语生态中的语言特征,追求"原汁原味",让读者更多地了解原语所蕴藏的语言表达方式和文化内涵,从而推动文化交流和相互了解。

梅雅来到河南已有数月,在她看来,河南人很热情,导师和同学们对她的帮助和关怀,让初来乍到的她并没有感到无依无靠。与同学们一起钻研学术、参加各种活动等,让她找到了归属感。作为波兰第一个从事生态翻译学研究的博士生,推动生态翻译学走向世界将会是她未来努力的方向。

尼日利亚留学生金斯利:学习生态翻译理念讲好中国学术故事

《HSK标准教程3(练习册)》中,一个个鲜红的对钩和无数个A+见证了尼日利亚籍留学生金斯利学习汉语道路上的点点滴滴。"如果我没有学好中文,那么我可能也没有机会来河南从事生态翻译学研究了。"金斯利坦言学习汉语过程虽然艰辛,但收获却很多。

"十二月的第一周,我发表了一篇论文,这篇论文还被收录进了SSCI(社会科学引文索引)。"金斯利打开储存在电脑上的论文,兴致勃勃地向记者介绍起自己的最新科研成果。

学习生态翻译学的金斯利对中国哲学理论也有着浓厚的兴趣。"中国古代哲学蕴含着丰富的生态文明思想,比如说庄子提出的'天人合一',强调人与自然的和谐。"在金斯利看来,中国古代生态文明思想源远流长、内涵丰富。生态翻译学为中国生态文明建设走向世界架起了桥梁,是传播中国生态文明理念、推动绿色实践的重要渠道之一。

作为首位研究生态翻译学的尼日利亚籍博士留学生,金斯利感到十分自豪:"学有所成后,我会肩负起在尼日利亚传播生态翻译学的重任,为尼日利亚生态文明建设贡献自己的力量。"

伊朗留学生赛义德:一定要把生态翻译学研究好、传播好、践行好

不同于其他博士留学生,赛义德有着"双重身份",他既是一名有着

15 年教龄的一线教师，更是伊朗第一个从事生态翻译学研究的博士生。

"不知不觉间，我在中国已走过八九个春秋，对中国的热爱坚定了我在中国继续深造的决心。"对于自己与生态翻译学结缘的经过，赛义德娓娓道来，"因为我喜欢语言，所以我也热爱翻译，因此在申请来华读博期间，我选择了从未接触过的专业——生态翻译学。"

"目前，我正忙着撰写两篇学术论文，'如何运用生态翻译学更好地传播伊朗文化'正是其中一篇的主题。"赛义德说。为了更好地把生态翻译学引入伊朗，他除了与伊朗的家人和土耳其的同事们沟通外，也经常与自己的同学们交流。"我现在在河南留学，同学们来自世界各地，比如波兰、巴基斯坦、尼日利亚等，他们每个人都代表了一种文化，我对新事物非常感兴趣，所以他们每个人都是我的'老师'。"

谈及毕业后的打算，赛义德说，自己将继续从事生态翻译学的博士后研究，并充分发挥自身教学优势，把生态翻译学推广至中东、欧洲等世界各地，尤其是自己的家乡——伊朗。

巴基斯坦留学生泽普汉：筹建生态翻译学研究院，推动生态翻译学在巴传播

"在郑州大学取得博士学位后，我希望可以在巴基斯坦班务科技大学设立'生态翻译学研究院'，现在已经朝着这个方向努力了。"这是巴基斯坦籍留学生穆罕默德·泽普汉一直以来的研究心愿。

泽普汉申请博士学位时，虽然可以选择去欧洲、美国，但他还是毅然决定来河南跟随胡庚申教授学习生态翻译学。"一方面，中国人民和巴基斯坦人民有着深厚的友谊，我对中国的好感与生俱来。另一方面，我在巴基斯坦已经执教 13 年了，身边不乏前往中国深造的同事和学生。"

图1　泽普汉与导师胡庚申教授交谈

图2　泽普汉与同学分享学习心得

　　作为巴基斯坦攻读生态翻译学博士"第一人",说起自己的论文选题,泽普汉说:"目前,《瓦尔登湖》已有汉语、法语、意大利语等诸多译本,运用各种翻译理论分析《瓦尔登湖》译本的文章比比皆是。但我是第一个以生态翻译学理论分析乌尔都语译本的学者。"

自学习生态翻译学以来，泽普汉已深深地爱上了这个整体观照文本、译者群落以及翻译生态环境的翻译理论。"希望未来班努科技大学可以选派巴基斯坦学生来郑州大学交流学习，与郑州大学开展更多领域交流与合作，建立长久学术联系和友谊。"

坦桑尼亚留学生玛缇娜：学习践行生态翻译，助推坦桑尼亚生态文明建设

"我这次研讨会的主题，就是要通过生态翻译学找出推动坦桑尼亚生态文明建设的路径。"在外国语与国际关系学院的一场学术研讨会上，坦桑尼亚留学生玛缇娜走上讲台，深入浅出地分析生态翻译学对助推坦桑尼亚生态文明建设的重要意义和研究思路。

"最开始接触生态翻译学也是在一场学术研讨会，当时我就对生态翻译理论产生了浓厚兴趣，后来也荣幸地成为胡庚申教授的博士生。"回想起与生态翻译学结缘的点点滴滴，玛缇娜记忆犹新。

"闲暇时，我喜欢看纪录片《美丽中国》。如果想探寻新时代中国生态文明建设的'密码'，就一定要来中国。"近年来，山清水秀、天蓝地绿的美丽中国新画卷徐徐展开，玛缇娜对中国生态文明建设成就的认同感也不断增强。

玛缇娜的家乡坦桑尼亚自然资源丰富，生态系统多样，物种多元且不乏珍稀濒危物种，生态文明建设面临诸多挑战。"在研究的过程中，我惊喜地发现，生态翻译学作为跨学科研究，不仅是一个翻译理论，更是一种生活理念，能够推动坦桑尼亚生态文明建设。"玛缇娜希望回坦桑尼亚开设生态翻译学课程，让更多的坦桑尼亚人了解和认识生态翻译学。

（李艳丽　刘佳闻　撰稿　图片来自受访者）

急诊和 ICU 里的"别样春节"

2024 年春节假期第一天,人们逛庙会、品民俗、举家出游乐享幸福假日生活。在郑州大学第一附属医院(以下简称郑大一附院)11 号楼三楼的综合重症监护病房里,却是另一番景象:专业护师在走廊忙碌地来回小跑、主任医师一刻不停地巡视着各个病房、患者家属在隔离门外焦急地踱步、躺在病床上的危重症患者期望着重获健康。

垂危的患者、冰冷的仪器、急促的警报、紧张的抢救……郑大一附院 11 号楼三楼,一道紧闭的大门上,"综合重症监护"几个字赫然在目。对于患者亲属而言,这扇门的分量很重,对医护人员来说,这扇门则是他们共同守护的"生命之门"。

春节期间急诊重症转 ICU 病号激增

"脑出血病情比较重,患者现在昏迷,大夫正在联系住院复查一个头部的 CT,她的意识不是很好,多半要去到 ICU。"农历腊月二十九中午,郑大一附院急诊医学部护师张留涛接诊了一位从地市医院转到郑州的一名 56 岁脑出血患者。

一时间,来自各科室的医生迅速来到患者身边紧急会诊,"这个病人随时都有生命危险。"

患者的女儿焦急地跟医生叙述着母亲的病情:"母亲有视神经脊髓炎

……""当地大夫应该也给你讲了,咱这边尽量救治。"在 20 小时之前,患者出现了抽搐口吐白沫、突发意识不清的情况,经过家属掐人中后逐渐恢复意识,在当地做了头部 CT 后,被当地正阳县一家医院的急救车紧急送到了这里。

经过会诊,医生决定将已经昏迷的患者转入 ICU 进行监护。"她的病情重,需要住到我们 ICU 里面,家属不能探视,不能陪护,费用比普通病房要高,根据病情看要住多久。"

此时,ICU 的护师已经赶来接诊。在众人的帮助下,患者被张护师推进了 ICU 病房。

郑大一附院综合 ICU 的主任医师孙同文告诉记者,由于春节期间普通病房的医护人员会放假调休,假期期间大家聚餐时难免会饮酒,这就导致一些会引发胰腺炎和消化道出血等比较严重的突发疾病,急诊科的接诊量会比平时多。

图 1   医生正在为患者做手术

张留涛表示:"每天约有十几例患者,会从急诊重症转到 ICU 病房,我们整个病区都是病人,全都满了。"

重症监护室内的"春节"我们来守护

"监护机上都能看到参数,病人的血压呼吸、氧饱和等参数如果有变化,我们都会及时去看,去处理。"郑大一附院综合 ICU 病房的护师正在监护着病区内患者的生命体征,一刻都不敢放松。

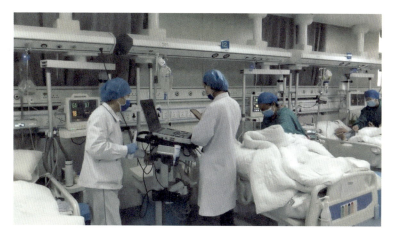

图2　医生记录患者诊断数据

郑大一附院综合 ICU 监护病区副主任医师段晓光告诉记者,对于急危重症的病人救治不会受节假日的影响,"因为危重病人的治疗,需要的医护人员会非常非常多,越是到年关,危重病人救治的压力也越大,很多重症医学科的大夫都放弃了过年休假"。

重症 ICU 病房共有 5 个病区,前面的一二病区是有家属陪护的过渡病区,靠后的三四五区则是病情稍微重一些,需要护士 24 小时进行特级护理。

在重症病区有一位 33 岁的小伙子,全身插满各种监测用的管子,他在进入 ICU 前已经做过肾移植手术。医生告诉记者,这名小伙子患有严重肾衰竭并且合并消化道穿孔,在重症监护室住了将近一周,他的家人不放心小伙子病情,就睡在了病区门口的椅子上,"不管黑天白天都在这儿坐着、守着,已经第四天了"。

小伙子的母亲从未放弃，一直为儿子默默鼓劲儿，"在我们那里检查不出病因，转到这儿来，积极配合医生给孩子治病，在哪过年无所谓，救孩子的命要紧"。

71 岁的马先生因尿路严重感染、多脏器衰竭，也住进了 ICU 里。由于马先生还能够简单自理，医生给他安排在有家属陪护的过渡病区。

马先生带着老伴从许昌转诊到郑州，24 小时陪护让马先生的老伴吃不消，她只有在马先生治疗间歇期间，才能靠在床头休息一会儿，"孩子在郑州上班，晚上跟孩子换一下，年前出不了院，就在这儿陪他过年"。

张女士的丈夫也在年前住进过渡病区，但却需要家人寸步不离的照顾，"因为他没力气喊，有情况的话手就会动一下，我近 3 天基本上没怎么休息，年纪大的我都不敢让他们来，怕受不了"。张女士满脸心疼地看着病床上的丈夫，"我手机上每天都会记录，几点到几点做什么，在这里面照顾困了，就趴在床头睡一下"。

张女士的爱人是一名重症胰腺炎患者，目前病情比较严重，"做了 CT，渗出来的液体还是比较多，我们给他超声引导下放了管子引流。这个病就是一个病程长，渗出吸收慢，后期还有可能会有慢性并发症，过年应该走不了。"主治医生说。

张女士是全职家庭主妇，一家人的经济支出全靠丈夫支撑，而现在丈夫病情严重，让一家人陷入了困境。"现在最担心的就是费用，治疗过程比较漫长，目前是向亲戚朋友借钱。"张女士告诉记者，丈夫已经在 ICU 住了 21天，每天都需要 1 万多的费用，"恢复好的话，1 个月能走出来，如果有并发症的话，人就不行了，不是说花钱就能得到想要的结果，我就想继续治，到那一步再说，我想着会有奇迹。"

"ICU 里没有春节"

对于重症医学科里的每一位医护人员来说，能和一家人围坐在一起吃顿年夜饭，是一种奢望，他们的责任和义务就是要坚守在工作岗位上，保障病人的健康。

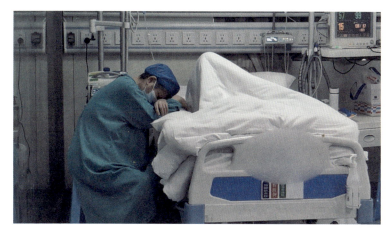

图3　护理人员陪护患者

郑大一附院急诊医学部护师张留涛称："有些时候会出现家属不理解医护工作的情况，还有些家属不懂患者的病情，这些情况都需要我们耐心地去和他们沟通，不管是医生还是护士，肯定都希望病人能够好，其实大家的心都是连在一起的，是为了治愈患者，让他们尽快出院。"

"ICU里没有春节，"郑大一附院综合ICU监护病区副主任医师段晓光说，"我们ICU的大夫在过年期间，大部分人是不休息的，急危重症这一块的大夫和护士人手都比较充足，整体是处在一个不放假正常上班的状态。"

在他们看来，ICU是为了和生死做最后一搏的地方。医护人员的职责就是与死神赛跑，抢回每一位危重患者的生命。"今年春节期间危重病人非常多，我们肯定还得把医院当成家，但希望春节过后能抽空回去跟家人吃个团圆饭。"

（姜明圆　撰稿　图片来自受访者）

这个春节郑州大学第三附属医院医护人员用"敬业福"守护妇女儿童的"健康福"

在亲人们相聚祝福、万家灯火点燃之时，郑州大学第三附属医院（河南省妇幼保健院，以下简称郑大三附院）有这样一群忙碌的身影，他们牺牲了与家人的团聚时光，坚守在岗位上，呵护着妇女儿童的生命健康，用妇幼人的"敬业福"，守护着无数家庭的"健康福"。

230 个龙宝宝诞生

随着龙年到来，郑大三附院的产房迎来喜庆景象，从大年初一到初八，共计 230 位龙宝宝平安降生，为这个春节增添了无尽的欢乐与祥和。

产科主任李根霞说道："为了应对这一生育高峰，医院提前进行了周密的部署和准备，加强了产房、儿科及相关科室的医疗资源配置，确保每一位产妇和新生儿都能得到最及时、最专业的医疗服务。同时，医院还加强了春节期间与周边医疗机构的沟通协作，确保在危急重症的紧急情况下 24 小时免费接诊，能够及时转运和救治，全力保障母婴安全。"

在除夕夜里 11 点多，急诊电话响起，原来是一位孕妇羊水破了，二胎，有明显生产迹象。产科三病区医生张志红迅速跟车前往，到孕妇家中一看，因胎膜破裂、羊水冲出，脐带已经滑落到产道。这是一种非常危急的情况，为了不让脐带这条"生命线"中断，从见到孕妇那一刻直到进入医院手术室，张志红的右手一直在产道内托举着胎儿,防止脐带受压,直到进行剖宫产把孩子平安取出。

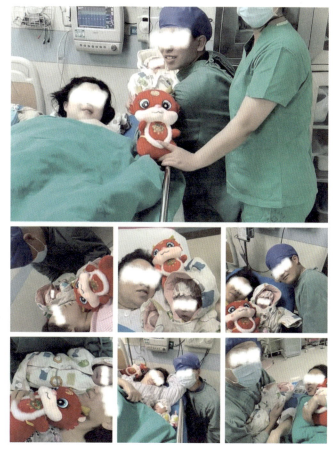

图1　春节期间郑大三附院产房共计230位龙宝宝平安降生

大年初二,凌晨四点,产二科保障班护士在上班时突发疾病,无法继续工作。刚生完宝宝尚未出院的产二科护士卞小洁看到这种情况,在备班护士到来前,自告奋勇地接过同事的工作,保障病房各项工作平稳有序开展。

随着新年的钟声敲响,窗外时不时响起欢快的鞭炮声,为节日增添了一片祥和与喜庆。然而,在这温馨的氛围中,产房的待产间却突然传来了一阵急促的呼喊声。

"护士,你快来看看,我怎么出血了?"一位 35 周瘢痕子宫的孕妇紧张而焦急地呼唤着。她的脸色苍白,床单上已经出现了一片鲜红的血迹。

闻讯赶来的赵海霞、刘彦醒助产士迅速反应,建立静脉通路,并立即呼叫当天的值班医生副主任医师李娇,对孕妇进行了全面的检查和评估。考虑到孕妇的瘢痕子宫和待产中出血的情况,团队决定立即进行剖宫产手术,以确保母婴的安全。

在手术过程中,医疗团队紧密合作,默契配合,迅速而准确地完成了剖宫产手术。经过团队的全力救治,出血得到了有效控制,母子平安。当听到孩子清脆的啼哭,抢救团队成员们相视一笑,仿佛在用无声的语言说着——"新年快乐"。

207 个家庭迎来好"孕"

节日里的郑大三附院生殖医学大楼内,有一群人,他们为了求子梦奔波穿梭在医院;还有一群人,秉承"心手相牵,幸孕之源"的信念,忙碌在工作岗位。

大年初一早晨,为了让每一位患者体会到"家"的温暖,生殖医学科主任管一春带领科室医护人员,为患者特别准备了热气腾腾的饺子。来自宁夏的赵女士说:"我们夫妻俩为了生个龙宝宝,赶在过年期间移植,在这儿,不仅让我体会到了最好的医疗,管主任还专门组建了宁夏患者群,主动了解我的困难,帮我联系食宿,真切感受到生殖科医护发自肺腑的关爱。"

春节期间,为保障手术顺利进行,面对高峰时段的手术量,管一春提前启动预案,医护人员们早上 6 点半就陆续投入紧张而有序的工作中。春节期间,3430 位患者穿梭在生殖医学大楼就诊、检查,为 223 位患者顺利完成助孕手术。春节期间经过助孕,207 位患者成功好"孕",其中 110 位患者喜迎血阳性,97 位患者助孕后胎心良好。龙年,207 位龙宝宝已占领席位。

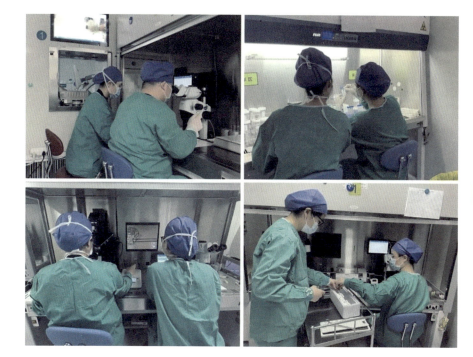

图2　春节期间医护人员为207位患者成功助孕

生命因为坚守而绽放。每一次取卵移植,都是一份沉甸甸的希望;从术前准备到手术实施,再到术后观察,每一个环节都严谨细致、一丝不苟。医护人员用专业的技术和温暖的关怀,为患者们提供了全方位暖心的服务,在追求好"孕"的这条道路上,我们都在全力以赴。

"总被托付,从不辜负"

在小儿呼吸科,红红的灯笼、崭新的春联,为病房换上了节日的盛装,散发着浓浓的年味。

春节期间,呼吸科出、入院均达到70余人,床占用率达90%,行气管镜治疗40余例,不但有肺炎支原体感染导致的气道塑型、辗转治疗半个多月的气道异物,而且还有高难度的喉软化钬激光治疗,没有一个孩子的治疗被过节影响。对于呼吸科医护人员,过春节与孩子们的健康相比是微不足道的。

此时大家反而更能体谅家长思想上的焦虑，也更能读懂家长眼神里的渴望。

"被托付、不辜负"是郑大三附院"呼吸"人一直坚持的信念。看着孩子康复时的笑脸和家长感激的面庞，医护人员也露出无比欣慰的微笑，这是医者仁心最好的体现。

800 多克的三胞胎宝宝转危为安

对新生儿重症监护科（NICU）医护人员来说，春节是昼夜不停地呵护新生，是不负监护室门外焦急万分的家长的期待，是为了住院患儿能够早日回家团圆……

春节期间，新生儿重症监护科住院患儿人数并没有因为过年而下降，而是持续增长到 80 人以上，其中病情危重需要呼吸机辅助通气的患儿有 40 余人，绝大多数患儿病情不稳定，需要医护人员密切观察病情变化，及时给予对症支持治疗，甚至立即进行心肺复苏等新生儿抢救措施。

科主任董慧芳、副主任李文丽和护士长赵晨静、李智瑞两两一组轮流值班，一如既往地进行医护查房，关注重点病人，了解患儿病情，带领大家做好危重病人的收治、抢救和护理工作。

大年初四，医生付芬芬的夜班十分忙碌，一晚上不停地处理各种各类病情问题：呼吸暂停、腹胀、呕吐、经皮氧饱和有波动、心律失常等；同时不断接收新入院的早产患儿，一个夜班收了四个危重患儿，并耐心地与家长沟通病情，参与危重患儿气管插管肺表面活性物质应用、机械通气的管理，不知不觉已看到窗外黎明的霞光。

初七，医生华敏敏和段稳丽正在开医嘱，突然得知有 28 周三胞胎即将剖宫产娩出，气氛骤然紧张起来，两人迅速与护士长赵晨静协调全科在岗人员，分秒必争，在三胞胎患儿出生前预热好新生儿暖箱，准备好必需的监护仪、呼吸机等抢救设备。

三胞胎患儿入科时，呼吸困难明显，体重均仅有 800 多克，病情极其危重，患儿入科后立即给予入暖箱保暖、补液、呼吸机辅助呼吸等对症支持治疗。

在大家一番紧张、忙碌的救治之后，三胞胎患儿目前生命体征平稳，正在接受进一步的治疗。

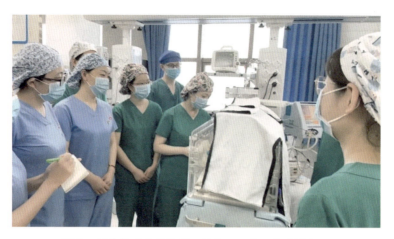

图3　新生儿重症监护科医护人员观察患者病情变化

年复一年，坚守不变

在成人重症监护室，没有绚丽的烟花，没有丰盛的年夜饭，只有监护室的灯光和各种仪器设备的提示声，春节于他们而言，只是日复一日、年复一年坚守岗位的普通一天。

他们是患者的守护人，在病危时奋力抢救，脱离危险后细心守护，各种操作治疗严谨规范，生活护理细心周到，即使是春节，科主任张凯和护士长徐桂梅也坚持带领值班的医护团队一起查房，确保给予患者最优质的治疗护理方案。他们还在节日期间给患者家属送去了热腾腾的饺子，用实际行动诠释着白衣天使的人文关怀和责任担当。

正是因为有了这些监护室医护人员的坚守，才让更多的家庭在这个特殊的春节里感受到了温暖与希望。他们用自己的汗水和付出，换来了病人的康复和家人的笑容。

爱与陪伴始终如一

"大家新年快乐！你们医生护士真辛苦啊，过年了还要上班，真心地感谢你们！"在妇科盆底重建病区，来医院为女儿陪护的王阿姨早早起了床，经过护士站时，特意向坚守在岗位上的医务人员拜年。

值班的医务人员也开心道："新年快乐！谢谢阿姨的关心，这都是我们应该做的。"

刚为患者准备好新年礼品的护士长侯影，得知王阿姨要去为女儿买饺子，赶紧将饺子送到她手里："阿姨，您不用出门买啦，我们特意早早准备好了，趁热乎赶紧送了过来，我们全体医务人员祝您新年快乐，身体健康。祝您女儿早日康复，阖家团圆！"

春节期间，郑大三附院盆底重建病区比平时更加忙碌，共收治患者58人，配合完成手术29台。除了每天的病房坐诊排班及手术排班，繁忙时也有备班，不值班的医护人员手机也一直保持通畅，严阵以待。

新年伊始，郑大三附院将继续秉承"以患者为中心"的服务理念，不忘初心，砥砺前行，不断提升医疗技术和服务水平，以高度的责任感和专业的知识技能，提供最优质、最温馨的医疗服务。相信在郑大三附院全体医护人员的共同努力下，我们将以扎实的专业实力和贴心的温暖守护，用最美的"敬业福"守护广大妇女儿童的"健康福"！

（郑州大学第三附属医院　供稿　图片来自受访者）

若无平凡人，何来伟大事！

——在郑大，有一种爱叫"宿管妈妈"

在郑州大学校园里，有这样一群"超人妈妈"。她们就像温暖的阳光，悄无声息地洒在校园的每个角落，守护着同学们的学习与生活。她们用最接地气的方式，在平凡的岗位上，热情地为同学们服务。

"让你们在这里，感受到家的感觉"

郭进红，主校区柳园 14 号楼宿舍值班员，2017 年就来到郑州大学工作的她，用实际行动诠释了"关爱学生"的真谛，成为学生们心中无可替代的"守护者"。

无论是日常的楼栋管理，还是突发事件的应对，郭进红常常迅速高效地完成任务。她的工作不仅仅是开关楼门、管理宿舍，更多的是在日常生活中对学生们无微不至的关怀。

在同学们眼中，她像一位无所不能的"超人妈妈"。有一次，一位同学的自行车在关键时刻掉了链子，郭进红立刻拿上工具，不顾油污，帮她修好了车。她笑着说："同学们需要帮助，我肯定义不容辞。"还有一次，一位同学的衣服不慎被划破，郭进红掏出了已毕业学生送的针线包，一针一线地帮她缝补好，细腻的针脚仿佛是用心编织的一份"母爱"。不仅如此，同学们经常将资料袋、钥匙、书包顺手暂放在值班室里，说完"阿姨，给你吧"就出门了，等回宿舍时再去拿。

　　不论是生活上的困扰，还是学习上的喜悦，同学们喜欢跟郭进红分享。有天中午，一位女生刚得知自己保送至北京大学后，放学回到宿舍激动地抱住郭进红说："阿姨，我保送了。"那一刻，郭进红也忍不住流泪，发自内心地为她高兴："太好了，恭喜你！你记得也给妈妈打电话说一声。"有的同学在学校工位里做实验，在楼群里让阿姨别等她了，郭进红说不管多晚，她都会等到人回来，一定要保证孩子们的安全。

图 1　郭进红（左一）在和学生交谈

图 2　郭进红（右二）和同学们合影

平时,郭进红总会准备一些小吃分享给同学们,或是红枣、花生,或是面包、饼干。她常说:"我就是想让你们在这里,感受到家的温暖。"她用自己的方式,默默地守护着学生们,成了学生们心中坚实的后盾。

"不是亲人、胜似亲人"

武永杰是学生公寓管理服务部松园 21 号楼管理员,同时担任办公室部分文职工作。在管理学生宿舍楼时,无论是检查台账,还是调解学生矛盾,她都以严谨认真的态度对待,以心换心,真诚对待楼内的每一位学生,不是亲人、胜似亲人。

宿舍管理需要管理员与宿舍楼内的其他工作人员通力协作。武永杰深谙这一点,她待人接物热情友善,在晨会结束后常常与她们聊聊家常,为她们排忧解难。她说:"我们年纪相仿,我力所能及的事,能帮一点儿是一点儿。和谐、友好的团队氛围是楼内各项工作顺利开展的保障。"

每年雨季她都会和保洁员一起到顶楼清理楼顶水管道淤泥,他们戴好口罩,拿上垃圾斗和扫帚,扫到袋子里,一干就是几小时。"袋子特别沉,我们就一人拿一个袋子往楼下拉。如果不清扫的话,可能会造成顶楼学生房间漏水。"武永杰说。每日归置摆放楼前通道内自行车、每周打扫楼外散水面、每月安全检查等每一项工作,她都与值班员、保洁员协作完成,常常冲锋在前。

开学迎新季,武永杰带领值班员、保洁员逐间对宿舍内设备设施进行检查,对宿舍卫生进行细致查验,合格一间关闭一间,不合格的重新打扫后再次查验,直至完全合格,力争给每个学生带来良好的入住体验。

除了注重工作效率外,武永杰也非常重视生活细节,关心学生的大小事情。有一次学生的外卖丢了,来找她帮忙。她经过调查,发现是另一个学生不小心拿错了,两份外卖一模一样。她及时打电话调节,心平气和地疏导两位同学的情绪,帮助解除误会。事后学生亲切地跟她说:"谢谢阿姨!"当学生因违章电器处理情况上门时,她会耐心解释并让学生认识到使用违章电器的危害性。武永杰说:"后勤保障工作,安全是第一要务。学生也是懂事的,好好沟通后,他们都会理解。"

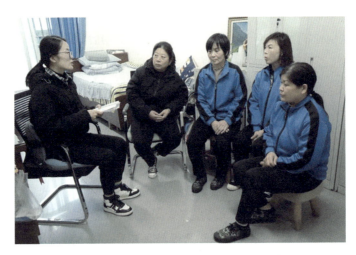

图3　武永杰(左一)组织工作人员开晨会

同学们有的在教师节给宿管阿姨们送上鲜花并道声"节日快乐",有的在遗失物品找到后给她们送一封表扬信道谢,有的在毕业季会将一些闲置的物品送给她们,可能只是一些小糖果、小卡片,但一份份心意让武永杰和值班员们感到了阵阵温暖。

图4　武永杰(右二)和值班员与同学们合影

脚踏实地,以心换心。郭进红和武永杰用实际行动证明,生活中每一份对他人的真诚付出,都会收获同等的尊重。若无平凡人,何来伟大事。校园里正是因为有众多像她们这样的工作人员,在平凡岗位上尽职尽责,守护学生的学习生活秩序,学生们才在这个大家庭住得舒心、学得安心。

对"超人妈妈",她们有话说

"不管什么时候看到她,阿姨都是乐呵呵的。出门穿得少了,阿姨也会念叨多穿点儿,有种很温暖的感觉。"地球科学与技术学院 2022 级学生孟渭说。

"阿姨就像家里的长辈,对我们很好,会在门口帮我们整理外卖,再带到楼里。"建筑学院 2022 级学生翟颖怡说。

"每到雨天楼门口都会铺一条防滑地毯,阿姨总是考虑得特别周全,给我们提供帮助,为我们的安全保驾护航。"计算机与人工智能学院 2024 级学生张润烨说。

"我会经常出门忘带钥匙,阿姨每次都不厌其烦地帮助我。我的物品坏了,阿姨也都会及时帮我联系维修工人。每位阿姨人都很好。"电气与信息工程学院 2021 级学生李雨桐说。

(李艳丽　羊　琦　吕欣怡　撰稿　图片来自受访者)

用心迎新，只为"赢心"

——郑州大学 2024 级新生迎新侧记

"云天收夏色，木叶动秋声。"在这收获与希望并存的美好时节，我们迎来了又一批怀揣梦想、朝气蓬勃的新同学。

图 1　迎新现场（一）　　　　图 2　迎新现场（二）

校园内，彩旗飘扬，横幅高挂，充满着热情洋溢的欢迎氛围。阳光透过稀疏的云层，洒在每一寸被青春脚步踏过的土地上。迎新现场，人声鼎沸，人群川流不息却秩序井然。学长学姐们身着统一的志愿服装，面带微笑，穿梭在人群中，他们或手举引导牌，引领新生前往报到点；或耐心解答，为初来乍到的学弟学妹们提供热心的服务。新生们带着对未来的憧憬，背着沉甸甸的行囊，眼中闪烁着好奇与兴奋的光芒，来到郑州大学，开启人生新篇章。

提前准备,细节之处见真情

为了做好迎新工作,优化学生体验,积极响应学生的呼声,学校后勤更换燃气灶、修整餐厅内装饰、新增餐厅外玻璃门厅、维修清洗空调,打造美观舒适的校园环境;提前对新生宿舍维修改造,进行深度清洁、消杀、通风;加强人员迎新培训,将迎新工作细化到人,确保值班员、宿管员熟知迎新入住流程。暑假期间,学校各部门有条不紊地准备着新学期各项工作,认真做好每一处细节,旨在给新生及家长留下更好的印象,定格最初的美好。

迎新工作正式开始前,学校各部门做足"功课",精心准备,全力以赴,党委学生工作部、学生处、研究生院、研工部、校团委等部门和各院(系)认真组织、选拔学生志愿者,合理有序分配志愿者工作。学校组织各院(系)辅导员建立新生群,提前解答学生的各种困难和问题。学校官微推出《智慧迎新,倒计时四天》《郑大2024级新生报到必看!》等一系列迎新文章,帮助新生做好认知准备、行动准备和心理准备,向新生们传递着报到注意事项,营造了浓厚的迎新氛围。

接站"护航",20余年的坚守

"郑州大学欢迎你!"在郑州东站和郑州火车站的迎新接待点,负责引导新生的志愿者们,手举标识牌"郑州大学",帮助新生一出站就能找准"家"的方向。14辆接送车辆往返站点和学校,60余名迎新接站志愿者分布在新生接待站,新生同学们一出站就能看到志愿者的身影。

从晨曦到傍晚,郑州大学千余名青年志愿者着装整齐、精神饱满,一直坚守在迎新岗位上,热情接待每一位新生及其家长,迎接着从四面八方汇聚而来的新朋友。他们各司其职,积极开展新生接站、车辆调度和随车引导等志愿服务工作。这是郑州大学迎新工作的第一站,也是新生们踏入大学家园的第一道温暖的风景线。

为方便新生顺利来校报到,20余年来,校团委在郑州东站、郑州火车站等地设置接站处,安排专人专车将新生及家长"点对点"接至校内。迎新期间还为新生安排了校园摆渡车,不间断往返于报到接待处和宿舍区,为新生提供免费接送服务。

此外,学校提前部署,做好医疗保障服务。安排专人在迎新现场值班,备好急救药品、防暑药品等,做好迎新期间的值班急救安排,为新生健康保驾护航。

智慧迎新,科技创新让服务更便捷

"线上信息采集、提前缴费,报到流程快速简短,非常方便快捷。"水利与交通学院 2024 级的周同学顺利完成了报到工作,对报到流程忍不住称赞。

为优化新生的入学体验,2024 年,郑州大学开通了"智慧迎新"系统。"智慧迎新"系统集新生信息采集、到站登记、在线缴费、校园导航、宿舍查询等多个环节,真正实现一站式服务。"智慧迎新"系统对信息采集、绿色通道申请及缴费等关键环节进行线上化处理,还特别引入了电子报到单与迎新看板。新生通过"郑州大学移动校园"App 或 PC 端即可完成预注册,提前查看校园情况及宿舍情况,为新生提供从校门到宿舍、教学楼等地点的导航指引,帮助新生提前熟悉校园环境。线上报到完成后,学生现场到达所属学院(培养单位)报到点报到,扫一扫报到现场的迎新二维码即可完成报到注册。从入学手续办理到校园生活适应等多个方面为新生提供全方位的支持,实现了迎新流程的全面优化。

除了"智慧迎新"系统,科技在迎新当中的应用不仅为各位学生和家长提供了方便快捷的服务,也在潜移默化中激发了学生的科技兴趣。在迎新现场,充盈着科技感满满的智慧元素,如四足机器人、机器狗、无人驾驶船、无人驾驶车等,吸引了学生和家长的目光,让人赞叹不已。帮新生运送行李的"梦想起航号"是由郑州大学计算机与人工智能学院智能集群系统教育部工程研究中心徐明亮教授团队自主研发,可实现昼夜侦察监视,同时具备无人搬运、导引宣传等功能。

提前设岗、爱心礼包，暖心助学

在郑州大学主校区各门口，一批穿着深蓝色衣服的志愿者正在耐心解答来往学生和家长的问题。与其他志愿者不同，这是一批由2024级新生组成的队伍，他们提前来到学校，熟悉大学环境，体验大学生活。

这是郑州大学坚持多年的一项爱心助学品牌——"关爱经济困难学生暑期提前设岗助学"活动。为减轻经济条件困难的优秀学生的家庭压力，学校筹措专项资金，为参加活动的学生解决食宿，安排如参加图书资料整理、校园保洁、自行车摆放等勤工助学岗位（带薪），鼓励优秀学生通过劳动获取一定酬劳，培养学生自强自立、劳动光荣的价值观。

报到当天，参加该活动的新生们积极投身到迎新志愿服务中，传递热情与温暖，帮助更多的新生融入校园环境。参与到本次提前设岗的省临床医学院2024级的柳斯泉说："在这十天的提前设岗活动中，我体验到了丰富多彩的校园生活，并且对郑大的实力有了进一步的认识和了解。"

"很感动，毛巾、牙刷、水杯、粘钩、香皂、洗衣液等日常生活用品都在里面，能感受到学校的用心，确实是把我们记在心上了。"来自机械与动力工程学院2024级的汪天忠在领取到爱心大礼包后说。在迎新工作中，郑州大学还推出了一项坚持数年的暖心政策，主要给孤儿、残疾学生、原建档立卡学生（五年过渡期内）以及因暑期洪涝受灾严重导致家庭经济困难的新生发放一份爱心大礼包。除了"大礼包"，郑州大学还将提供大一上学期书费1000元，并全额报销返校路费、军训服装费用。

特色迎新，新意满满火热开展

在迎新现场，各学院别出心裁，创意十足，给予新生关怀备至的接待，表达美好的祝福与期待。信息管理学院为新生准备了富有创意的迎新主题墙，主题墙中间的"2024"字样是由一张张写有2024级新生们学号和姓名的卡片组成。生态与环境学院为2024级新生打造了专属"绿植墙"，萌萌的绿

耕耘与收获篇

植装在废弃的饮料瓶里,学院新生每人一株,表达了对新生的欢迎,体现了生态环保理念。化工学院在学院门前设立了签名墙,鼓励新生留下自己的名字和心愿;报到当天恰逢三名本科生迎来了他们的生日,学院特别准备了生日蛋糕,报到现场师生一起切蛋糕为他们庆生。国际学院特别租赁了爱心行李车,并组织了由热情洋溢的志愿者组成的"行李搬运小分队",减轻新生携带沉重行李的负担,并编订了一本新生手册……

此外,党委宣传部在钟楼设置了校报照片打卡墙,并为各本科培养单位发放融媒体矩阵二维码的易拉宝,新生们既可以打卡留念,又能及时关注学校官方媒体平台,获取学校最新资讯。

在郑大这个大家庭中,各单位用自己的方式带给新生温馨热情的体验,为新生留下一份份独特的记忆和无价的礼物。在迎新现场,物理学院2024级的孙传聪家长从山东临沂来到郑大,感受到迎新现场的热烈氛围,感叹道:"这一路上心情挺好的,学校很大,希望孩子在这里继续努力,好好学习,学业上有所增进,生活上慢慢学会独立。"

全程服务,让家长更放心

迎新工作正式开始后,学校的各个路口都有特勤保安站岗指挥交通,给报到的新生及家长指路。宿舍值班员24小时在岗办理入住手续,发放宿舍钥匙,解答新生及家长咨询的问题。

在迎新第一线,学校还设置党员志愿服务站,"党员红"化身"志愿红",在新生报到等一系列流程中,全心全意为同学们服务,充分发挥党员模范带头作用,为同学们排忧解难、提供便利,努力营造家一般的温馨氛围。

迎新志愿者们也各就各位,他们身着统一服装,面带微笑,热情地迎接每一位小伙伴的到来。从校门口到校园内,一路上都有他们忙碌的身影。他们耐心地为新生们解答疑问、搬运行李,分享自己踏入校园的感受和同为新生的喜悦。一些学院还在学院门前设立了家长休息区,贴心准备了"能量补给站"并配备志愿者解答家长的疑问。

不少家长感慨道:"从志愿者到宿管阿姨都很热心。有问必答,有耐心、有爱心。给郑大点赞!""校园很大很美丽,交通很便利;院里报到接待工作安排得很贴心,每一位志愿者和工作人员都很耐心,点点滴滴做得周到细致,真的温暖到我了。我还去食堂体验了一次,菜品丰富,干净卫生,价位还很优惠。想想我的孩子能在这里度过四年美好的大学生活,作为家长真的太放心了。"

金风送爽开学日,万里鹏程由此始。从五湖四海奔赴而来,同学们站在了新的人生起点。在这个热闹非凡的场面里,同学们满怀憧憬地描绘着未来的蓝图,为自己的大学生活描绘着一幅幅令人向往的画卷。未来路漫长,唯有坚持才有远方,美好的祝福与热情的笑容相继而来,愿同学们在郑州大学新的起点上,带着心中的梦想踏上崭新的征途。

（王仪文　撰稿　图片来自受访者）

耕耘与收获篇

驰骋运动赛场，挥洒激昂青春
——记郑州大学2024 年阳光体育运动会

屏息，凝神。"砰——"发令枪一响，观众席的呐喊声即刻随着赛道上飞驰的身影一同"爆发"。长短跑、跳高、跨栏、持杖行走、旱地龙舟……趣味性与竞技性并存，青春热血的故事在此上演。2024 年 4 月 11 日至 13 日，郑州大学2024 年阳光体育运动会举行。据悉，本次运动会设有学生组比赛项目22 项，教工组比赛项目 18 项，共有 42 个学院、57 个基层工会组织代表队，近6500 人参加比赛和表演。

冲刺与爆发，短跑真的很行

4 月 11 日下午，新闻与传播学院 2022 级的赵士亮骄傲地站在男子 100米最高领奖台上。

"观众朋友们，现在我们看到的是男子 100 米决赛现场。"全场观众屏息凝神，运动员们全神贯注。"砰——"还未等观众反应过来，赵士亮便从眼前划过，似箭离弦。一眨眼工夫，赵士亮冲过了终点，斩获了男子 100 米的冠军。赵士亮参加了两次校运会，分别斩获了男子 400 米、200 米、100 米冠军。"我很享受现场激情热闹的氛围，为自己而战更为新传而战。我热爱田径更热爱短跑。"赵士亮激动地说。

站在 100 米冠军的领奖台上，赵士亮昂首挺胸，意气风发，展示了"坚持,直到你赢"的风范。

跨栏角逐,风一样的我们

4月12日下午,男子400米跨栏决赛现场。奔跑！腾飞！落地！起跨攻栏,腾空过栏,下栏着地,攻、飞、撑,奔跑与跨栏一气呵成,好不刺激。最后50米,比赛进入白热化阶段。这时,向终点迎面"飞"来的是本场比赛的冠军、生态与环境学院2022级的陈永钢。"前半程心里没有太多想法,跨到最后一栏时,感到如释重负、水到渠成。"陈永钢说道。张开双臂,奋力冲刺,运动员们奔向终点,奔向无忧的青春。

优美的弧线是挑战者的"绶带"

"韩冰洋选手能否打破校运会记录呢？让我们拭目以待！"导播的镜头切给正在赛道上摩拳擦掌的体育学院(校本部)2022级的韩冰洋,身后的观众瞬间爆发出雷鸣般的掌声与呐喊声。

4月12日上午,在跳高赛场上,韩冰洋以2.05米的高度轻松拿下跳高比赛第一。然而韩冰洋和自己的较量并未就此结束,横杆升至2.11米的高度(校运会目前最高纪录)。

图1　背越式比赛现场

在前两次尝试无果后，他又一次助跑、腾跃，修长身姿轻盈如飞燕。可惜在所有人屏息凝神的一瞬间，横杆不慎落下。韩冰洋说："很感谢同学们的热情支持，我会更加严格地要求自己，继续勇敢地挑战自我。"

人多心也齐，胜利的号角在吹响

"一二一二"——整齐响亮的口号代表着众人的齐心协力。4月12日上午，参加50米24人25足跑的运动员们肩并肩，腿挨腿，齐刷刷地站成一排，化作一堵坚实的墙，似有无形的手推动着他们前进。网络空间安全学院2023级的朱振茹说道："作为第一组上场的选手，在紧张之余更多的是自信，我相信团队的默契。"冠军队伍、护理与健康学院的队员们个个精神抖擞、斗志昂扬，步伐大、齐、快，扑倒在软垫的那一下，每个人脸上都绽开了笑颜。

迎面接力，考验的是团队精神

4月12日下午，10×100男女迎面接力决赛蓄势待发。比赛还未正式开始，地球科学与技术学院2022级的彭志勇提前为自己捏了把汗。"对手实力都很强劲，安全第一，乐在其中。"第一次参加校运会的彭志勇笑着说。

图2　男女迎面接力跑比赛现场

另一边，在赛道上，看着领先跑来的队友，商学院 2021 级的陈妍睿心情忐忑。她摆好姿势，目不转睛地盯着队友手里的交接棒。迅速握住交接棒，五指并拢，冲刺，接力结束，陈妍睿也一直在关注赛况，"看到团队遥遥领先的时候真的太激动了！"她说着，眼眶里的泪水已经开始打转。

持杖行走，上演跑道"滑雪"

4 月 11 日上午，教职工 100 米持杖行走现场。只见他们微微向前倾身，在起点站定，整装待发。参赛选手们两腿交互，一斜一拐地向前迈步。他们双手紧握行杖，有节奏地前挥后甩。临近终点，大家都不约而同地开始加快速度，迈大步向前快走。

郑州大学第五附属医院的侯保秋老师不断抡起、放下行杖，交叠迈进，像在池塘中划船，又像在雪地里滑行。比赛结束，侯保秋老师开心地说道："观众热情高涨，真热闹。这次活动拉近了我们和同学们的距离，感觉变年轻了。同学们开心，我们也很高兴。"

图 3　教师组持杖行走比赛现场

1500 米,速度与温度并行

4 月 11 日下午,随着"砰——"的一声枪响,女子组 1500 米正式开赛。步伐稳健而有力,向杨宇博的身影如箭矢一般向终点进发。

在向杨宇博结束比赛后,材料科学与工程学院 2022 级研究生马晓雯上前将她搀扶到休息区,帮她拉伸放松。"学姐亲切地关照我的身体状况,还打趣我应该去报 3000 米。"向杨宇博不由得感慨这段特别的缘分:两人在去年女子组 400 米的赛场上便打过照面,今年的 1500 米比赛向杨宇博以 0.9 秒的细微差距险胜马晓雯。友谊第一、比赛第二,优秀的体育精神在两个女生之间传递、发扬。

5000 米! 运动员们都是勇士

400 米的赛道,12 圈半的跑程。4 月 13 日上午,5000 米长跑正在进行。耀眼的阳光透过蓝天洒在跑道上,形成一道道光晕,与运动员们奔跑的身影相映,仿佛是为他们加油鼓劲的神圣光环。急促但均匀的呼吸,通红的脸颊,每个人脸上都写满了坚持与毅力,每一颗滴落的汗水都闪烁着运动员们坚韧与不屈的光芒。

在鼓声的指引下,全场观众默契地为参赛选手鼓劲加油。这一刻全场凝成一股力量,运动员们不是一个人在战斗,而是和大家一起,挑战自己。土木工程学院 2020 级的薛旭阳在比赛后半程奋起直追,只见他赶超一位又一位选手,在欢呼声中冲过终点。"不管名次如何,坚持完成,我们都是赢家,5000 米运动员们都是勇士。"男子第一组第一名薛旭阳说道。

最佳观众非我们莫属

体育场内除了运动员们的飒爽英姿夺人眼球,看台上摇旗呐喊的观众们也是赛场上一道亮丽的风景。喊麦、摇旗、打鼓,挥动手中节拍器,吹响口中小喇叭……各学院加油助威花样百出,现场真是好不热闹!

看!在观众席上,挥舞的红色应援棒汇成一片海,与赛场的紧张刺激同频共振。听!现场的加油声欢呼声此起彼伏,一浪高过一浪。运动员的坚持、团结、拼搏、协作等品质感染着大家,明媚耀眼的阳光与青春热血的运动会相映,观众与运动员的双向奔赴,把运动会推向了高潮。

4月13日下午,郑州大学2024年阳光体育运动会闭幕,圆满收官。整整三日的赛事盛况,源于运动健儿们赛出水平、赛出高度的出色表现,源于幕后工作者们一丝不苟、任劳任怨的辛勤付出,源于看台观众们热情洋溢的激情助威。闭幕不是落幕,怀抱理想与希望,郑大师生将以更加饱满的精神面貌、更强健的体魄迎接新的挑战。

(周子玉　严静然　撰稿　图片来自受访者)

耕耘与收获篇

最好的"我们"，燃动最美的春天
——记郑州大学 2024 年阳光体育运动会大型团体操表演

　　一年一度的阳光体育运动会已经圆满落幕，翘首以盼的开幕式，以超出预期的惊喜带来了空前的视听体验，精彩纷呈、惊喜连连。记忆尤其深刻的，是师生共同努力精心准备的大型团体操表演。400 余名男生带来的武术表演《龙武传承》、450 余名学生呈现的跆拳道表演《坚韧不拔》、300 余名女生展示的柔力球表演《凝心聚力》、800 余名女教职工带来的健美操表演《灼灼芳华》轮番登场，为观众带来一场视觉盛宴。气势磅礴的宏大场面、整齐划一的一招一式、设计新颖的造型变换，赢得阵阵掌声，欢呼与赞美之声响彻云霄。

图 1　郑州大学 2024 年阳光体育运动会开幕式现场

轮番上演，异彩纷呈

"锦绣河山绘辉煌成就，盛世欢歌颂郑大华章……"主持人的激昂解说拉开了大型团体操表演的序幕。一个又一个篇章轮番上演，带来了一场又一场精彩的视听盛宴。

第一篇章为"龙武传承"。中华武术，源远流长。止戈为武，通融为术。"上武得道，平天下；中武入喆，安身心；下武精技，防侵害。"400余名风华正茂的郑大学子，以棍为笔，以场为纸，书写青春篇章。他们摆出各种寓意深刻的造型，如字母"ZZU"、"众人拾柴火焰"造型。青年们凝聚起青春之火，也展现了郑大人团结一心的精神面貌。

第二篇章为"坚韧不拔"。看，身着白衣神采奕奕的跆拳道方阵正向主席台走来，方阵由450余名郑大学子组成，他们精神抖擞，气宇轩昂。鞠躬、冲拳、格挡、手刀，一招一式满是勇敢与坚定。两人对抗，一攻一守，你来我往，动作迅猛有力。他们不仅在比赛对抗，更是在相互切磋中共同进步，展现出跆拳道作为对抗项目的独特魅力和"以礼始、以礼终"的武道精神。

第三篇章为"凝心聚力"。龙纹彩带随风飘扬，有红有黄色彩艳，似网似羽手中翻。又离又合围身转，气定神闲若醉仙。只听曲风一转，300余名女生也紧跟着节奏变换队形，旋转飞扬，绵中带刚，刚中有柔，手持彩带在弧形引化下完成圆周运动。柔力球运动讲究"以柔克刚，以退为进"的哲学思想和生存之道，追求无为而无不为，为而不争，顺势而为，展现了中华文化深厚儒雅的文化传统和特有的审美艺术。

第四篇章为"灼灼芳华"。春风拂面，灼灼芳华。800余名女教职工踏着音乐入场，瞬间点燃了本源体育场2万余名观众的热情。她们每一个手势尽显力量与优雅，一跃一降，一静一动间尽显青春活力。精彩不断的舞动展现了老师们走下讲台、走出工作岗位的另一种风采，为这场精彩绝伦的团体操表演画上了完美的休止符。"皱纹只要不长在心上，那我们就永远年轻。"一位老师笑着说。节目表达了郑大女教职工强身健体、再创佳绩的美好心愿，展示了郑州大学女教职工团结奋进、努力拼搏、爱岗敬业的精神风貌，展现了为"双一流"建设而努力奋斗的巾帼风采。

图2　柔力球表演现场

图3　女教职工健身操表演现场

团体操轮番上演,全场观众欢呼声和鼓掌声连连响起,欢乐的氛围萦绕在本源体育场上空。"开幕式的团体操表演非常精彩,我作为观众能够感受到参与者的用心。"看台上一位观众夸赞道。观众们的肯定和赞美是对整个表演团队最好的礼物和回馈。

"我们的主题是同在阳光下,阳光代表着希望,希望通过这次表演,可以让同学们在阳光的照耀下,始终保持心中的希望、梦想,不断驱动自己前行。"大型团体操的总负责人乐严严老师说。

凝心聚力,打造精品

这次的大型团体操表演汇聚了不同学院、不同年级的 2000 余名参演人员。如此庞大的表演阵容是如何组织和排练的? 答案就藏在这 2000 余名参演人员和负责老师的汗水中。

开幕式团体操表演的筹备工作历经数月,早在 2023 年 9 月便已开始组织与筹划。参演的同学们来自多个学院,他们经选拔参与并投入大量的时间和精力进行排练;指导老师们也细心负责,耐心教学,与同学们共同交出了一份满意的答卷。"灼灼芳华"的表演者 800 余名教职工来自各个基层单位,由校工会女工委组织,57 个基层工会通力配合组织排练而成。

大型团体操排练于 2024 年 3 月正式开启,同学们每周两到三次,利用午休时间在本源体育场上集结,进行一个多小时的训练。正午的阳光直射在体育场中,同学们步履匆匆,吃完午饭,就赶往本源体育场训练。广大女教职工们克服教学、科研等众多事务繁忙的困难,利用下班时间、节假日,加班加点抓紧排练。在训练中,每一个动作都要进行反复调整。"大家很辛苦,但都在努力坚持。"一位指导老师说。

活动最后,全场 2 万名师生一起举起双手舞动青春和热血,郑州大学 2024 年阳光体育运动会开幕式落下了帷幕。但这份青春与热血却在不断升腾,弥散在所有郑大人的记忆中:我们同在阳光下,自强不息、意气风发!

此次规模盛大的团体操活动,作为校运会开幕式的一部分,展现了郑大师生阳光向上的精神和奋发有为的状态。本次活动是深入贯彻党的二十大精神,积极响应"健康中国战略",大力推广全民健身活动的重要实践,引导和鼓舞广大师生铸就强健之躯,凝聚团队之力,以健康的体魄、昂扬的斗志更好地为"双一流"建设做出贡献。

（李艳丽　冯靖航　邱从利　吕欣怡　撰稿　图片来自受访者）

青春飞扬，梦想起航

——记郑州大学 2024 年庆国庆暨迎新生文艺晚会的台前幕后

台上灯光闪耀、红旗飘扬，映衬着郑大学子的靓丽身影；台下荧光闪烁、缤纷灿烂，照耀着现场师生的拼搏面貌。"十、九、八、七……"随着倒计时的数字逐一消散，青春意气与飞扬梦想在郑大相遇，谱写着属于新生的华丽篇章。9 月 27 日晚，郑州大学 2024 级庆国庆暨迎新生文艺晚会在主校区本源体育场隆重举行。

独具魅力的歌曲串烧《龙卷风+光年之外+欧若拉》，赢得满堂喝彩的戏曲《大登殿》、相声《史记新说》，引起全场合唱的《我和我的祖国》……从精彩纷呈的歌舞表演到激动人心的才艺展示，晚会节目让人目不暇接，近 2 万名新生沉浸在音乐的海洋中，随着节拍用力挥舞着手中的荧光棒，尽情享受这场视听盛宴。

精彩纷呈，万人齐聚共赴盛会

晚会由"风鹏正举，梦起航""向阳而生，话成长""巨龙腾翔，谱华章"三个篇章组成，节目编排包含了歌舞、合唱、武术、戏曲、相声、器乐等多种形式，风格活力四射、富有时代气息。伴随着舞台炫彩的灯光流转，全场屏息，音乐奏响，演员入场。舞蹈《欢聚时刻》正式拉开了迎新晚会的帷幕，以动感的音乐和激情四射的舞步带动着全场气氛。表演者迪拉热激动地说道："站在这个充满期待的舞台上,我感到无比荣幸与激动。每一次旋转、每一个跳跃,都凝聚着我们对新生的热烈欢迎和对未来的无限憧憬!"

灯光流转,光影交错,《檐雨声声》《铃鼓采莲赋》《奔跑的青春》《向阳而生》等舞蹈节目接连登场,演员们精神饱满、激情洋溢,展现了青年积极向上的精神风貌,传递出青年锐意进取的青春力量。外国语与国际学院2024级董佳乐兴奋地表示:"晚会太盛大了,现场很燃! 我感受到了浓厚的校园文化氛围,这些表演不仅赏心悦目,更激发了我对于中华优秀传统文化的向往与追求。"

"可爱的一朵玫瑰花……"世界著名男高音歌唱家、郑州大学河南音乐学院院长戴玉强,以精湛的歌唱技巧、高水准的演唱方式、深入人心的真挚情感,动情演绎《可爱的一朵玫瑰花》,携手年轻歌唱家黄萌合唱《饮酒歌》,时而深情低吟,时而引吭高歌,既浪漫抒情,又豪迈激扬,充沛的激情和富有美感的歌声赢得了观众潮水般的掌声。

此次晚会也有新生参与到迎新晚会的节目表演中,开场舞《欢聚时刻》和闭幕曲《我和我的祖国》舞蹈的表演者都为郑州大学河南音乐学院2024级的本科生。舞蹈表演专业2024级的牛菁雨和蒙卓汐是节目表演者中的两位,这是她们第一次参与学校的大型文艺活动。"能在这个舞台上与这么多优秀的同学一起表演,我感到既紧张又兴奋,这次经历让我更加期待未来在校园的学习和生活,希望和大家一起创造更多美好的回忆。"蒙卓汐笑着说。

常备不懈,分工有序用心策划

办好每一年的迎新晚会,为新同学呈现一场视觉盛宴,成为校团委的工作重点之一。自接到通知后,校团委就立即着手安排这项工作,充分动员各方力量,组建了四个小组,分别负责音视频、物品准备、节目联络、秩序维持等工作,分工明确,有条不紊。从节目的选定和编排,到现场最佳效果的呈现,校团委经过一个月的策划和筹备,力求完美展现这场迎新晚会。

为了筹备好本次晚会,校团委大学生艺术团从上学期期末便已开始筹备晚会节目。暑假期间,晚会工作人员从河南音乐学院、文艺类社团、校园十佳歌手以及大学生艺术团中对节目进行了层层筛选，最终敲定了本次晚会的节目单。

"在八月初，开场舞《欢聚时刻》就投入了紧张的筹划和排练中。"新闻与传播学院 2023 级林源殷回忆道。那段时间，中核二楼的空地成了他们的舞台。对参演者来说，每天训练三个小时，开学后挤时间、抢时间排练，没空休息吃饭已是常态。所有的动作、站位，都需要一遍遍重复、一遍遍纠正，每一个动作都已成为演员们的肌肉记忆。"当我们听到台下观众的欢呼声时，一切汗水和付出都是值得的。"

台上"薛平贵"目光炯炯，黑衣挺括，声声铿锵，尽显威仪。台下观众屏息凝神，沉浸在优美的戏腔中。戏曲《大登殿》选段演出结束后，"薛平贵"的扮演者、美术学院 2023 级邱雨乐回到休息室放下麦克风，坐在椅子上休息。从彩排开始，他每天训练两到三个小时，不断调整指法、眼神和唱腔，逐步实现与搭档的巧妙配合。"作为青年戏曲爱好者，能够弘扬戏曲艺术，让更多人了解到戏曲文化，再苦再累都值得。"邱雨乐发自内心地说。

在古典舞《铃鼓采莲赋》的负责人、政治与公共管理学院 2023 级王露巍看来，最具挑战性的是全新的舞蹈编排。"这次表演面临着人员数量变动的问题，因此演员走位、眼神动作都需要根据配乐来重新设计。"她在网上参考学习了许多古典舞案例，反复练习并录制观看，在逐步比对的过程中修正表演时存在的问题。与此同时，她也衷心地祝愿 2024 级新生们能够在郑州大学的艺术氛围中能够全面发展，勇于追逐个人喜好，尽情挥洒青春，收获多彩人生。

争分夺秒，精心打磨力求完美

从节目初选、精心策划到排练磨合、节目联排，直到晚会圆满落幕，全体工作人员与参演人员一刻也不敢松懈，紧密合作、互相配合，共同保障本次晚会顺利开展。

倒计时第 3 天，晚会进入最后的排练环节，从早上 9 点到晚上 9 点，每个节目每天至少需要排练三四遍。本次活动主要负责人之一，2021 级商学院的赵志倢说："从策划到执行,我们的每一项工作都凝聚着不凡的努力与奉献,希望新生们在这场晚会中尽情展现自我,收获友谊与快乐。"同时,她也祝愿新生们在欢声笑语中增进了解,感受郑州大学深厚的文化底蕴和温暖的校园氛围。

为了让演员在台上没有后顾之忧,工作人员全力以赴,做好一切后勤保障:统一订购餐食、协调跨校区人员接送车辆、检查调试现场灯光音响设备……新闻与传播学院 2022 级陈姝妍承担着对接舞台话筒的重任,从早到晚,她穿梭于后台与舞台之间,不断调试,力求每一个音符都能清晰、饱满地传递给每一位观众。"这项工作虽然烦琐,但每当看到舞台上表演者因我们的付出而更加闪耀,听到台下观众热烈的掌声,我的心中便充满了成就感与喜悦。"

"我们会努力成为奋发有为的时代青年……"伴随着激昂的音乐,开场宣传片一经播放,现场掌声、欢呼声、尖叫声就如潮涌般,久久不能平息。开学初,校团委青年传媒中心的同学们便开始筹备此次迎新晚会的相关视频,从脚本撰写到素材收集,从迎新现场到开学典礼,他们奔走在郑大校园的每一处角落,记录郑大青年学子积极向上、奋发有为的一面。机械与动力工程学院 2023 级唐威站在台下,眼里闪着泪光,说道:"看到我们用时两周制作的视频收获了新生们的喜欢,我倍感激动,希望 2024 级的同学们能在郑州大学感受到家的温暖,为自己的大学生活画上浓墨重彩的一笔。"

河南音乐学院在本次迎新晚会演出了 7 个节目,包括歌曲串烧《可爱的一朵玫瑰花》《饮酒歌》、舞蹈《檐雨声声》《奔跑的青春》、闭幕曲《我和我的祖国》等,2024 级的孙偲宁和周欣梦参与了多个节目的演出,"时间短任务重,这对我们来说是很大的考验。能够作为参演人员站在舞台上,我们的心情特别激动!"为了使节目呈现最佳效果,彩排期间,河南音乐学院参演学生每天都要往返两个校区,为了抓紧时间彩排,学生们来之前都是先做好妆造,齐心协力将每一次彩排做到最好。"我们的晚会节目经过了精心的编排和巧妙的构思,希望所有步入大学生活的同学都能感受到大学里的活力和激情!"

"我和我的祖国一刻也不能分割……"在悠扬的闭幕曲《我和我的祖国》

中,迎新晚会正式落下帷幕,许多人情不自禁跟随旋律放声歌唱,真诚表达对伟大祖国衷心的祝福和深深的热爱。他们的歌声,不仅是对祖国的深情告白,更是对未来的无限憧憬。青春的热血与国家的繁荣同频共振,这是一堂艺术修养教育课,更是一堂浸润人心的思政教育课。

青春激扬,爱国心炽。此次晚会以线上线下相结合的方式进行,通过"郑州大学"微信视频号进行现场直播,14 万余观众在线观看,在中华人民共和国即将迎来 75 周年华诞之际,为祖国献上了一场精彩纷呈的贺礼,传递出郑大人不负韶光、不负时代所托的青春力量,更激励新生们坚定强国有我、青春有为的成才信念,以实际行动和卓越成绩,为学校世界一流大学建设,为推进中国式现代化建设河南实践,为中华民族伟大复兴贡献青春力量!

(岁梦怡　吴　慧　杜慧敏　供稿　魏洪波　供图)

耕耘与收获篇

这个宣讲团不一般！

——记郑州大学博士生宣讲团

近日，郑州大学博士生宣讲团迎来了新一届的换届大会，宣讲团的新成员们满怀激情与梦想，郑重接过了传承的接力棒。

自成立以来，宣讲团已累计开展宣讲 1000 余场，覆盖听众超 10 万人次，多次受到《人民日报》、学习强国、中国教育电视台等媒体报道，并获"河南省文明社团""基层理论宣讲先进集体"等荣誉。

图 1　校党委副书记王利国为宣讲团授旗

青春之歌：汇聚合力，多元共建

自 2020 年 3 月成立以来，博士生宣讲团从 22 名研究生党员，一路发展壮大，如今已扩展至百余人。成员们来自不同的学院和专业，拥有着深厚的学术造诣和广阔的知识视野，涵盖文理工医等不同学科，可谓是一个超强知识天团。

为更好地整合资源、发挥优势，今年宣讲团更是大胆创新发展模式，采取了"总团引领、分团并进"的创新路径，组建了一支有层次、有特色的优秀队伍。

总团发挥引领作用。总团的讲师们不仅承担宣讲任务，还身兼数职，作为总团职能部门成员参与到总团日常管理工作中。总团成员来自八个不同的专业，他们利用自己的专长，紧密合作，逐渐形成了一支既高效又专业的核心团队。

各分团齐头并进。为了更好地整合优势资源，博士生宣讲团在 13 个学院设立分团。这些分团依据各自学院学科特色设立，比如法学院的"习近平法治思想"分团、基础医学院的"医创青年"分团、材料科学与工程学院的"关键金属"分团等。各分团将自身所学专业知识巧妙融入宣讲内容与形式当中，从而使宣讲内容更加贴近实际，如政治与公共管理学院所设置的"国家安全博士宣讲团"，以指导教师的国家社科重点课题为导向，以博士生样板党支部的丰富实践为基础，致力于开展全方位、多样化、高质量的"党建+思政"式宣讲活动。信息管理学院分团还有考古与文化遗产学院的博士生加入，实现了跨院合作、知识融合。

奋进之途：务实笃行，协作共进

博士生宣讲团坚持以习近平新时代中国特色社会主义思想为指导，围绕党的方针政策展开宣讲。

宣讲团根据不同的受众群体，采取了有针对性的宣讲策略。在面向在校学生时,宣讲团讲述青年担当和郑大故事,使广大青年学生更加自觉地为中国式现代化发展贡献青年力量;在为单位职工宣讲时,成员们多结合实际生活案例,引导广大职工深入探讨党的理论政策,积极推动高质量发展;针对线上微课,宣讲团亦做出了很好的成绩,所推出的"礼赞二十大,奋进新征程"等系列线上微宣讲视频,覆盖听众近 5 万人次。

在宣讲内容上主要分为两种情境。常规宣讲课程涵盖党的最新理论成果和政策文件、新时代党的建设等多个主题。而特色宣讲课程则围绕各阶段的热点话题和各个专业的特色展开。为了增添理论宣讲的现实性和针对性,宣讲团还鼓励成员参加社会实践,利用寒暑假,在家乡的党政机关、企事业单位开展理论宣讲,让党的声音深入基层,"声"入人心。

图 2　博士生宣讲团开展宣讲活动

在一次《大兴调查研究之风——跟着总书记学调查研究》的校内宣讲中,讲到周恩来总理前往河北省武安县伯延公社,就公共食堂等问题蹲点调研的故事,大家都为之动容,不少同学的眼眶中闪烁着泪花。在宣讲结束后,一位同学找到宣讲团成员郭冠江并与其探讨调查研究的思路与方法。"这一刻,我仿佛回到那段峥嵘岁月,看到一群有志青年在桌前侃侃而谈,抒发着自己对理想的追求,"郭冠江说道,"宣讲的意义变得具象化,躬身入局,身入心在,调查研究永远在路上!"

博士生宣讲团还积极推进并参与全国高校的联合宣讲活动。2023 年,为深入开展学习贯彻习近平新时代中国特色社会主义思想主题教育,郑州大学联合中国人民大学、清华大学、复旦大学等 15 所高校开展了 2023 年全国高校联合宣讲活动——"感悟思想伟力·凝聚奋进力量",展现了郑大学子的青年担当,有力传播着郑大声音。

信念之火:坚定使命,彰显担当

宣讲团成员一直秉持着"接地气、有温度、更走心"的理念,用行动探索宣讲创新之路,不断提升自身专业素养,打造独具特色的宣讲品牌。

为挖掘出更打动人心的故事,宣讲团还走进焦裕禄纪念馆、三门峡卢氏县、开封奇瑞汽车河南有限公司、河南博物院等地开展研学活动,用实践为理论宣讲注入了新的灵感与动力。

宣讲团紧跟党中央的最新指导方针、党的最新理论成果及重要会议精神。为把握方向、夯实基础、拓宽视野,宣讲团会定期举办内部研讨会,以激发团队成员之间的学术交流与思想碰撞,促进跨学科合作与创新思维的发展。

自主题宣讲活动开展以来,在社会各界获得广泛好评。在一次基层宣讲后,一位 84 岁高龄的老党员激动地拉着宣讲团成员张慧远的手,动情地说:"孩子,你们做的事情很好,基层很需要你们,也很需要听到你们这样的声音。"这一刻,是老党员与青年党员之间心灵的对话、灵魂的共振。

"面向未来,宣讲团将继续紧跟时代步伐,以实干态度不断磨砺宣讲本领,继续用青年视角阐释党的理论、用青年话语宣传党的主张、用青年担当践行党的要求。"博士生宣讲团新任团长任美桦说道。

以学促学，以学促讲。宣讲团成员发挥的引领示范作用不断激励着青年学子踔厉奋发，投身于中华民族伟大复兴的中国梦，增强广大青年研究生的使命担当。郑州大学博士生宣讲团将继续用青年之声唤起青年，用青年之力团结青年，激扬青年宣讲的时代之声！

（段智慧　王彦婷　撰稿　图片来自受访者）

一路前行的"乡村碳行者"

——记荣获第十八届"挑战杯"一等奖学生团队

第十八届"挑战杯"全国大学生课外学术科技作品竞赛终审决赛在贵州大学圆满落幕,郑州大学表现优异。

主体赛事中,商学院 2020 级杨子涵、杨依哲、黄雨茵、王嘉怡和 2021 级王丹宁,数学与统计学院 2020 级孙玉杰、高乐岩与美术学院 2020 级张哲 8 名同学组成团队,在商学院王芳、韩淼、孙学敏老师的指导下,提交作品《"乡村碳行者":农村居民行为响应视角下新能源汽车下乡政策优化研究——基于全国九个试点省份的调查》,并荣获一等奖,取得了近十年学校在这项赛事上的最好成绩。

图1　第十八届"挑战杯"一等奖学生合影

挑战：前路漫道真如铁

2022 年 1 月，怀揣着挑战自我、做出成绩的信念，黄雨茵首先找到杨子涵，提议组队参加"挑战杯"比赛。此后，随着王嘉怡、杨依哲和孙玉杰的加入，"绿动"小分队初具雏形。

团队最初的选题并非新能源汽车下乡，当选题论证会临近时，原项目却难以取得进展。杨子涵纠结再三，耐心劝导队友："我们已经坚持了三个月，换个选题，大不了再挑战一次！"

受王嘉怡新能源汽车消费提议的启发，结合 2022 年新能源汽车下乡政策，杨子涵有了新的想法："国家陆续出台新能源汽车下乡支持政策以推广应用，政策的实际效果如何，其中的痛难点问题又该如何发现并解决？"就这样，新能源汽车下乡的选题应运而生。

图 2　团队成员正在与指导老师研讨

此后的 600 多个日夜，成员们利用寒暑假，前往多个省份，深入数百个村庄，走访了 7 家大型新能源企业，获得了大量一手数据。

历练:逆水行舟勇向前

2023 年 6 月,面临保研、"挑战杯"国赛、期末考试等诸多任务,团队成员开始了与时间的赛跑。

黄雨茵和杨依哲都不约而同地选择根据任务的重要程度和时间分块来安排日程,竞赛任务、夏令营投递、期末复习,每一项工作都有序完成。"我们每个人都有自己的抗压能力和自愈能力",尽管面临重重困难,成员们还是凭借自身卓越的毅力成功度过了紧张忙碌的六月。

2023 年 10 月 15 日,距离前往国赛主办地——贵州还有 10 天时间。但在学校为各参赛团队组织的最后一次路演中,"绿动"小分队表现欠佳:呈现思路仍存在较大问题,总体效果并不出彩。

黄雨茵说道:"遇到质疑后我们会直面它,讨论原因,最终用一个完美的方案去解决。"为此,成员们不断复盘评委和老师的意见,对项目思路、呈现形式、讲稿语言凝练度等方面进行深化:文本组根据新思路整理大体结构和语言表述;PPT 组提前考虑排版构图;视频组分别加入两组工作。

扬帆:轻舟已过万重山

历经了各种困难磨炼,团队终于迎来了决赛。

根据比赛规则,高乐岩、杨子涵、杨依哲三人参与现场答辩,其余成员负责外展现场。答辩当天,答辩现场的 U 盘突然出了问题,成员只能跑到外展现场取另一个 U 盘。由于贵州多山且地形坡度较大,从答辩现场到外展现场需要先向下走一段路再走一段上坡路。虽辛苦,但正如到达答辩现场要走上坡路一般,"绿动"小分队的答辩效果也是"上坡"的。

比赛当天,先是高乐岩的 PPT 演讲让评委老师眼前一亮。接着,杨子涵从农村充电桩优势、居民灵活就业新出路等多个方面流畅全面地回答了老师对"新能源汽车对当地农村经济带动作用"的提问。最后,当评委老师问到新能源汽车在不同省份和农村推广的差异性时,杨依哲结合了自己对贵州地形地势的亲身体验说:"就以我们现在脚下的这片土地贵州为例……"

10月30日,全部赛程结束,团队老师带来好消息:"'绿动'小分队,主体赛一等奖!"一瞬间,时间好像静止了一般,大家在那一刻呆住了,随后,巨大的喜悦和激动向他们袭来。他们终于迎来了光亮。

图3　校领导、团队老师与团队成员现场合影

历尽千山万水,他们捧起一等奖的奖杯。这是 600 多个日夜的努力,是一群人的默默付出,是一股创新力量的凝聚。来时路漫漫,他们将传承自立自强的精神,引导更多人踏上挑战的路途,为国家和社会做出贡献。

（羊　琦　王一迪　撰稿　图片来自受访者）

郑州大学9名同学组成的3支队伍荣获2023年"高教社杯"全国大学生数学建模竞赛国家级一等奖

2023年"高教社杯"全国大学生数学建模竞赛共1685所院校/校区、59 611支队伍(本科54 158队、专科5453队)、近18万人报名参赛。在激烈的竞争中,郑州大学数学与统计学院2021级本科生马子函、曾祎珍、阳优、陈梦琦、李丽君、李亚文、田政杰,管理学院2021级本科生崔梦雨,物理学院2021级本科生孙紫阳等9名同学组成的3支队伍"数学建模一队""新手建模小队""目标国赛小队"脱颖而出,斩获了国家级一等奖。

图1 "目标国赛小队"成员合影

"新手建模小队"——新手建模行不行?

一根粉笔、一台电脑,9月7日,"高教社杯"全国大学生数学建模竞赛的题目一发布,"新手建模小队"成员,数学与统计学院2021级本科生阳优、陈梦琦和李丽君便来到教室一起讨论。空荡荡的教室里,黑板被陈梦琦填得满满当当。

陈梦琦是团队的建模手,主要负责解题和建模。她会把公式写到黑板上,以便于编程手阳优进行编程。而作为团队的论文手,李丽君调侃自己在团队中扮演着"凤凰传奇"乐队中"曾毅"的角色,类似于相声界的"捧哏",但他们各自的任务都有所交叉。"这样的话会更有效率,三个部分我们每个人都或多或少地参与了一些。"陈梦琦说。

拿到题后,他们的心情十分激动。李丽君说:"这道题和我们做的2015年的一道题有些类似。"他们在暑假这一个多月,每三天进行一篇论文练习,已经能够清晰地记得哪一年的题目是什么、怎么解。2015年的那道题与太阳高度角相关,而今年这道题是一个"定日镜场"问题,也会用到太阳高度角。可他们被一个地方难住了——旋转矩阵,在这里他们停滞了足足四个小时。三人引用了参考文献里面给出的矩阵,可是反复计算,吸收塔却一点儿阳光也吸收不到。在一次又一次地推翻重来中,阳优通过编程发现是旋转矩阵的问题,这才将难题解决。

时间回到比赛前两个月,陈梦琦和李丽君先后找到了阳优进行组队,三个人的"建模小队"正式成立。暑假期间,三个人在微信群里开腾讯会议进行讨论,发送自己查找的资料和往期的优秀论文,并根据老师的意见进行讨论和修改。无数个枯燥的日日夜夜,他们三天一循环做着重复的事,时间就这样悄悄地来到了9月。

拟推国家级一等奖结果出来那天晚上,三人又回到了水利与环境学院208教室,静静等待着结果公布。如愿进入拟推国家级一等奖阶段后,他们又开始忙着准备国家级一等奖的答辩材料和PPT。11月结果出来那天,三个人终于有一种尘埃落定的感觉。

"很感谢张李盈老师和我的同伴们。"李丽君说，张老师在假期出差时还能抽出几小时帮他们看论文、讲解论文；同伴们在这一个暑假里相互鼓励、相互支持，让他们这几个都只是第一次参加数学建模竞赛的新手们，共同敲开了梦想的大门，自信地喊一声："新手建模能行！"

"目标国赛小队"——冲击国赛成不成？

"每天一睁眼，背起包就赶往自习室看论文、做模型。"提起暑假培训，数学与统计学院 2021 级本科生李亚文感慨道。在这两个月的时间里，他们把全部的精力都放在了准备数学建模竞赛上，"就是想看看自己付出了所有，到底能拿到一个什么样的奖"。为了鼓舞士气，三人的微信群就叫"国赛！！！"。

一起床，李亚文与同学院同级的田政杰、物理学院 2021 级本科生孙紫阳就会在微信群"国赛！！！"里互相发送督促信息："起了吗？""走了吗？""到了吗？"那段时间，他们几乎没有多余的时间与精力做其他事，不在乎自己的个人形象，将所有时间都放在培训上，就连去吃饭的路上，都是在讨论刚做过的题目。"那段时间我们都快成糟老头子、糟老太太了。"在比赛的那三天，李亚文作为团队的建模手，肩负的任务更重，三天三夜，她一共才睡了八小时。

在比赛过程中，C 题第二问的第一小问引发了团队的争议。关于成本加成定价，由于做出的数据十分离散，需要对这些数据进行拟合，使数据更符合事实。

根据之前研究过的 2021 年 C 题国赛优秀论文的一个小点中运用到的高斯过程回归，李亚文想到在这道题目中他们也可以尝试这个方法，在解决数据离散问题的同时，还可以进行聚类，使一类中的数据规律性更强，使拟合更有意义。

田政杰则认为高斯过程回归是一个大模型，如果把这个小点套用在大模型里面，可行度存疑。他想到运用神经网络进行回归，也想过运用 SVM 与随机森林，但效果都不尽如人意。考虑到时间问题，团队舍弃了聚类的方法,最后还是选择了高斯过程回归,最终解决了这道题。

参加过的比赛,都会成为他们此次获奖的垫脚石。李亚文感慨道:"以赛代练真的很有用,在比赛中我们可以积累很多模型。"李亚文和田政杰一起参加过 MCM/ICM 美国大学生数学建模大赛便是如此。他们从中学到的"不要用模型去套问题,而是要以问题为导向去选择模型"对他们这次比赛影响很大。

"好的队友真的能达到'1+1+1>3'的效果。"田政杰说,他所遇见的队友都很努力,他们三个人在暑期里,都尽了自己最大的努力去学、去练,最终,他们真的"冲击成功",拿到了国家级一等奖!

"数学建模一队"——暑假留校值不值?

暑假培训时,数学与统计学院 2021 级本科生马子函、曾祎珍和管理学院 2021 级本科生崔梦雨三人结识,组建"数学建模一队"。在培训期间,老师更多是从解决策略着手,培养逻辑思维,而他们在获得启发后,需要不断地练题才能熟能生巧。

从早上八九点开始,他们在柳园聚英园二楼一待就是一天。大家讨论的内容集中在解决问题的思路和算法选择上。为节省时间,建模与编程需要同时进行。崔梦雨每写出一个建模的约束条件,马子函就想办法通过编程来实现。在训练期间,曾祎珍专门学习了制作思维导图和流程图的软件,除了论文写作内容扎实,在排版上她也力求一丝不苟、美观大方。

训练的时光转瞬即逝,转眼间就到了要正式比赛的日子。他们先是根据自身优势,选择了 A 题。在第一问运行时,大家就敏锐地发现代码运行出结果的速度太慢了。"我们当时必须重新优化算法。不然依照这个速度,后面两问的代码根本跑不完。"马子函解释道。针对这个问题,他们又在电脑前不断地修改第一题的参数,寻找更优化的方法。

中午,马子函在去吃饭的路上,脑海里一直萦绕着刚刚的代码。"我总觉得自己调错了参数的哪个地方,当时就一直在想,有种无法自拔的感觉。"于是,还没走到一半,他就转身回到机房继续修改代码,到晚上都没顾得上吃饭。两位队友也被他的精神所感染,三个人一夜奋战,最终将问题成功解决,做后面的题目也顺畅多了。

马子函称赞崔梦雨的思维很活跃,笑着说:"很多时候她凭直觉就可以将模型建出来,真不可思议!""我们选择的 A 题对物理的要求高,光是建模就需要很多公式,包括旋转矩阵的公式等。"曾祎珍回忆道。当时她写了 34 页的公式,看到崔梦雨独自一人把它给建模出来时,她佩服不已。对此,崔梦雨谦虚地说:"可能我比他们多学了'运筹学'这门专业课,接触过'背包问题''运输问题',建模会好一点儿。"

比赛结束一个多月后的某一天,马子函正在写英语题,曾祎珍正在教室里上课,崔梦雨正在埋首修改文件。这时,团队项目拟推国家级一等奖的消息传来。齐聚、讨论、答辩,他们仿佛又回到了之前共同奋战的日子。最后正式获得国家级一等奖时,在马子函"暑假留校值了"的笑声中,激动与喜悦蔓延在三人心间,这是属于他们共同的沉甸甸的荣誉!

3 支队伍,认真和努力是他们的底色,他们用步步坚守铺就了一条通往国家级一等奖的星光大道。在本科组 54 158 支队伍中,获得国家级一等奖的仅有 299 支,获奖率为 0.55% ,他们做到了!

（羊　琦　张君晓　撰稿　图片来自受访者）

郑州大学数学与统计学院杨志博荣获第十五届全国大学生数学竞赛一等奖

　　"你好，请问是郑州大学数学与统计学院的杨志博吗？恭喜你获得了第十五届全国大学生数学竞赛低年级组一等奖。明天是否参加颁奖典礼？"时间已近凌晨一点，杨志博突然接到了这样一通电话。"参加！"正在酒店休息的他难以按捺激动的心情。历经半年之久的付出和努力，终于拨云见日，取得国家一等奖的好成绩。

　　在第十五届全国大学生数学竞赛决赛中，除杨志博同学获得大赛（数学类低年级组）一等奖之外，郑大学子还获得 2 项二等奖、6 项三等奖，学校荣获大赛优秀高校组织奖一等奖。正是因为有许许多多像杨志博一样坚持和努力的郑大学子，学校才能在各项竞赛中不断突破，赢得荣誉。

从备赛到获奖：登高自卑，行远自迩

　　2023 年 9 月，杨志博在年级群里看到河南赛区关于参加全国大学生数学竞赛的通知。出于对数学的兴趣，他决定报名参加本次全国大学生数学竞赛。此次竞赛分为预赛、省决赛、全国决赛，从 2023 年 9 月开始到 2024 年 4 月，全程耗时半年之久，这其中考验学生的不仅仅是努力，还有耐心和毅力。

　　第一次参加全国大学生数学竞赛，面对与专业知识紧密相连、难度却大幅拔高的历年真题,杨志博起初感到很吃力。"在复习时,我发现自己对过去一年学过的知识非常不熟悉。所以在刚开始,我时常会有些迷茫和无助。"但是,既然选择了报名参赛,他就绝不轻言放弃。平时看课本的时候,杨志博会主动地寻找自己的盲点和不足。有时,杨志博还会去看一些网课,从中积累做题的经验。比如在学习可解群的时候,杨志博偶然发现书中用列举例子的方法来解决某个问题,但这种方法并不方便。于是他开始在网上搜索更通用、便捷的证明方法。

在备赛的过程中,杨志博渐渐地摸索到了一些规律。在准备全国决赛时,杨志博发现有些题是必考的。在备考这类题时,杨志博会专门去看这一方面的题目,结合解析和自身想法,从中发现自己的不足。

经过半年之久的备赛和选拔,杨志博顺利从预赛进入决赛,并在决赛中展现出了自己积蓄已久的实力,以低年级组全国第22名的成绩获得了国家一等奖。在备赛的道路上,独自钻研是杨志博沉淀自我的有效途径,老师的保驾护航则为包括杨志博在内的学生提供了有力的保障。赛前,学院专门安排老师为学生们答疑解惑,及时解决学生们在学业上的困惑;在竞赛的三天日程中,数学与统计学院的带队老师积极组织,在用餐、住宿等物质条件方面满足参赛学生的需要。最终,郑州大学凭借高到场率和突出的组织能力斩获优秀高校组织奖一等奖。

从专业课到竞赛:稳扎稳打,水到渠成

奖项的取得浓缩着杨志博的辛勤努力,也是他鲜活的大学故事的一部分。

作为应用数学专业的学生,在准备数学竞赛的同时,杨志博也面临着专业课难度逐步增加的考验。在大二上学期,杨志博印象比较深的是数学分析、常微分方程、大学物理三门课程。在他看来,这三门课难度不是很高,但需要理解和记忆的知识点比较多,时时复习回顾非常必要。进入大二下学期,微分几何、复变函数等四门专业课程更加深入、抽象。"复变函数和数学分析有相似之处,但最有挑战性的正在于复变函数和实变函数的不同,比如

在函数的一些性质和解析性等方面,复变函数都具有特殊性,这是较难理解的。"他分享道。

面对专业和竞赛,杨志博采取"先学好专业课,兼顾竞赛学习"的策略,并用坚持不懈的态度验证它的可行性。在大二上学期,他每天至少各花1.5小时的时间复习专业课和学习竞赛知识。随着专业课的难度提升,他又将每天的专业课复习时间调整为2小时左右,对其中的重难点问题进行靶向训练。经过不懈努力,杨志博在多门专业课学习中获得满分绩点。

对专业知识的扎实掌握也成为解决竞赛问题的源头活水之一。"专业课和竞赛看似有些割裂,但当我把这些知识学透彻,我发现它们有着密切的关联。"杨志博回忆道,其中数学分析和其他问题的结合正是数学竞赛决赛中重点考察的一项内容。

在他的认知里,学习效果的体现不在于时间的多少,坚持和效率才是王道。"我不喜欢熬夜学习,而是尽量在最短时间内运用高效方法解决问题,专注地完成学习任务。"在图书馆里,或在数学与统计学院的5楼,杨志博画下一张张逻辑清晰的思维导图,写下一页页笔记,弄清一道道习题,在宁静的学习氛围里全身心地徜徉在数学世界之中,踩下属于每一天的踏实有力的学习脚印。

学习之余,参加化学文化节等学校活动、听音乐、看社会历史类书籍等爱好也点缀着杨志博的生活。谈起《万历十五年》,聊起张居正、海瑞等历史人物,他总是热情十足。富有规划、张弛有度的学习生活,让杨志博的每一步都走得踏实稳健。

面对自己未来的大学生活,杨志博选择了接续奋斗。同时,他也为学弟学妹们提出建议:"大家可以多参加一些比赛,提升个人能力,也培养自己坚持不懈的品质,树立正确的人生观和价值观。想要在比赛中取得好成绩,我们要加深对课本知识的理解,在专注于平时学习的基础上进行思维拔高。另外,一定要提前准备,要有自己的规划。"锚定目标,积少成多,方能行远自迩,收获成功的硕果。

（王仪文　吕品涵　供稿　图片来自受访者）

非遗焕"青"彩

——记荣获第十四届"挑战杯"秦创原中国大学生创业计划竞赛金奖学生团队

"我们致力于打造中国纹样及非遗图像的线上博物馆,让更多人邂逅、欣赏、拥抱中国的美。"来自郑州大学"不咕"学生团队的谭俊杰身着马面裙,通过翔凤纹、瑞狮纹等典型纹样,讲述着中国历史上的流行经典。10月29日至11月2日,在第十四届"挑战杯"秦创原中国大学生创业计划竞赛中,郑州大学新闻与传播学院"不咕——新质生产力赋能下的中国纹样及非遗活态传承破题者"项目荣获金奖,推动着传统纹样从"小众"逐渐走向"大众",为非遗传承注入了新的活力和希望。

图1 "不咕"团队荣获第十四届"挑战杯"中国大学生
　　　创业计划竞赛金奖

寻找传统和现代的连接点

2021 年 2 月,习近平总书记在贵州省毕节市黔西县(现黔西市)新仁苗族乡化屋村扶贫车间,了解发展特色苗绣产业、传承民族传统文化等情况。"传统的也是时尚的,你们一针一线绣出来,何其精彩!"习近平总书记的一番话让郑州大学的青年学子激动不已,萌生了以新质生产力赋能非遗活化利用的想法。

如何将非遗和自己的专业结合?怎样用更新颖的方式吸引年轻人了解、学习、传承非遗文化?在汪振军和周鸥鹏两位教授的指导下,来自新闻与传播学院、美术学院、商学院、计算机与人工智能学院的 15 名学生以河南省鹤壁市浚县泥咕咕为切入点,组建团队探寻中国传统纹样的现存情况。他们通过实地走访、座谈调研、田野调查等方式,在实践中为项目成长汇聚多方力量,为非遗传承与创新贡献青年智慧。

图2 郑州大学不咕文化振兴小分队合影

"不愿看到中国之美消失,我们开启了一场与时间的赛跑,其他人做不到的,我们团队来做。"团队走进河南省鹤壁市浚县非遗传承地、河南博物院、洛阳龙门石窟、西安华清宫烽火台等地,与"民间美术开拓者"倪宝诚、郑州市非遗协会执行秘书长王洪伟等多位非遗传承人面对面交流,积累了大量一手素材,并为后续科研确定了方向。

从深入市场调研再到构思产品研发,这支平均年龄21岁的学生团队历经三年,致力于挖掘、整理、创新、应用、再设计中国纹样,最终打造"不咕AIGC(人工智能生成内容)"系统,以文博、历史、地域、民族、主题为核心,建立200余个纹样专题,现已收录整理了3万多种中国传统美学纹样,完成2万多次矢量化创作,推动中华优秀传统文化创造性转化、创新性发展。

让纹样的美回归生活

当非遗产品出现在生活场景中,会是一种什么体验?"不咕"团队主创的咕咕杯、毛绒帽、抱枕让人眼前一亮。在保留传统工艺精髓的同时,团队与传承人充分沟通后,融入了现代设计元素,结合市场消费需求推出了"咕茶"系列茶具、"咕宠"系列玩具等产品,让纹样工艺在日常生活中展现出非遗之美。

图3 "不咕"团队与"民间美术开拓者"倪宝诚交谈

"纹样是一种花纹图案，它从不止于器物、服饰之上。"周鸥鹏说。团队以民族学、中国美学体系为传承根基，以图案学、现代设计体系为再造途径，将民族纹样和传统手工艺融入时尚元素，转化成市场需求的国货潮品。"不咕"文创不仅有纹样元素，还融合了泥咕咕、安吉县白茶、太极拳等多项非物质文化遗产 IP。通过线下直营、线上直播等多种方式，该项目让大众在短时间内既获得了视觉享受，又收获了满满的纹样知识。

传承千年纹样文化，融入现代生活点滴，团队成员赵至俭认为，"让产品'说话'，让文化'活'起来"是关键。为此，团队不断扎根传统，开拓创新，基于区块链分发通证，创新性打造线下与线上协同的"不咕"虚拟社群，将 1700 多位传承人、投资人、爱好者、志愿者集聚起来，进行传统纹样资源的共建共享，内容涵盖产品设计、制作销售、营销推广、媒体运营等多个方面。

"不咕"团队以守正创新的正气和锐气，将现代设计与民族文化相结合，让传统纹样焕发新的生机，让非遗传承走进现代生活，为非遗产品实现批量化、产量化提供可能。团队成员倪静表示："这些承载着非遗和当地特色的文创产品，集实用、观赏、收藏价值于一身，为非遗的活态传承提供了更多的发展机遇和传播路径。"

是"技艺"也是"经济"

非遗融入现代生活，更直接影响生活，在保护和传承的过程中，非遗也在助力乡村振兴。"不咕"团队凭借优秀的市场洞察力，注册成立郑州不咕科技有限责任公司，通过将传统手工艺与现代设计理念相结合，采用内循环的模式进行可持续的传统纹样保护工作，为乡村振兴注入新活力。

在数字化大潮推动下，团队采用 3D 建模、AIGC 以及区块链等新兴技术，基于 TensorFlow 平台，使用卷积神经网络（CNN）和生成对抗网络（GAN）的神经网络架构，将纹样画稿、文创产品进行数字化转化以及认证，使其估价、分发、匹配、交易变为可能。同时大胆开拓商业路径，与中原出版传媒产业研究院、郑州盛见网络科技有限公司等达成战略合作，提供美育课程、广告设计、品牌联名等服务，为非遗的保护和传承开辟了新的道路。

图4 "不咕"团队设计的作品

"学院长期高度重视学生创新创业工作,鼓励新传学子做有价值的科研,让非遗释放出最大的文化价值和经济价值。"新闻与传播学院党委副书记、纪委书记王炯炜说。在学院的政策引导和资金支持下,"不咕"团队带动"纹样文化"传承与产业发展,辐射带动上万名手艺人就业增收,除荣获第十四届"挑战杯"金奖外,还取得全国大学生乡村振兴大赛国家级金奖等各类荣誉100余项,受到《河南日报》、《大河报》、大河网等媒体宣传报道,赢得了良好的传播效果和强烈的社会反响。

经过"不咕"团队六代成员的不懈努力,一大批体现中华优秀传统文化的传统纹样得到及时、有效、永久保护。得知获奖消息,曾参与该项目的上一届同学纷纷转发、点赞,共享喜悦,并为团队送上真诚的祝福,"虽然已经毕业离校,但仍旧感到自己是郑大的学生。祝贺学弟学妹们拿下金奖,我们一同继续为母校增光添彩"。

非遗文化是中华优秀传统文化的宝贵财富,需要让年轻一代感兴趣并愿意主动继承,才能生生不息,薪火相传。校团委书记王红晓表示,全校共青团系统将以此次"挑战杯"取得的优异成绩为契机,聚焦创新人才培养和项目培育,引导和激励广大青年学子通过广泛的社会实践、深刻的社会观察,不断增强对国情社情的了解,激发创新精神,培育创业意识。

"让纹样技艺走进校园、进入课堂,在保护传承中发展壮大并造福更多人,是我们团队今后的发展方向。"今后,"不咕"团队成员会继续深化技术创新,不断优化平台功能和服务,以更加饱满的热情和坚定的信念,以科技创新赋能文化发展,助力非遗走入日常、成为潮流。这支年轻而富有创新精神的郑大青年团队,正以实际行动诠释着"孵化世界级的中国纹样及非遗 IP"的愿景。

（杜慧敏　赵至倢　撰稿　图片来自受访者）

六个月，他们一起走过这座"桥"
——记第十九届中国研究生电子设计竞赛国家级 一等奖团队"灵动智控"

"灵动智控！一等奖！"2024 年 8 月 9 日晚，江苏无锡。江南潮湿的晚风徐徐吹拂，在一座大桥下的岸边，物理学院 2023 级硕士研究生毋紫桢、张羽杰、段海洋收到了获得全国总决赛一等奖的喜讯。18 天前的 7 月 22 日深夜，他们同样在武汉的一座桥下收到了入围全国决赛的通知。这一段科研竞赛之旅与桥结缘，但是对于他们而言，真正通往成功的"桥"却是将近半年的反复调试实验、思索攻关和导师们的悉心指导搭筑而成的。

图 1　第十九届中国研究生电子设计竞赛全国总决赛颁奖现场

设想从蜘蛛开始

电生理监测是一种通过捕捉和分析人体电信号来评估人体生理状态的技术。如今,电生理监测仪器已经嵌入各种可穿戴设备,成为人们随时了解自己健康状态的渠道之一。电生理电极是该仪器的核心部件,它的性能优劣直接影响电生理监测的准确性。

传统的电生理电极并不能牢固贴合人体皮肤,这会使信号监测效果大打折扣,黏性电生理电极应运而生。然而在日常运动状态下,人体会产生一定的动态噪声,干扰生理电监测。针对这个问题,毋紫桢、张羽杰和段海洋展开了题为"抗干扰可黏附生理电电极用于生理电信号监测和动态人际交互传感"的研究,并将研究成果送上了第十九届中国研究生电子设计竞赛全国总决赛的舞台。

在调研中,蜘蛛关节内的一种黏弹性物质引起了团队成员们的注意。这种物质可以有效过滤环境中 30 Hz 以下的动态噪声,并且能有效识别周围生物的动态信号,这种选择性过滤性能称为阻尼性能。

"能不能参考它的材料体系研发出一种新的电极材料,以兼顾阻尼性能和黏附性能?"小组成员灵光闪现。

在之后的一个月里,他们不断调节材料配比和各实验步骤的时长,最终做出了成型的、阻尼性能优良的电极材料。经测试,他们研发的电极对 26.5 Hz 以下的噪声信号具有良好的阻尼能力,阻尼因子最大值达到 2.5,而普通电极的阻尼因子普遍低于 1。

电极制作关被攻破,他们又开始着手开发动态协同机械臂控制系统。这是他们项目研发中"最难的一环"。"要让机械臂跟随人的手臂运动,首先要保证机械臂控制系统能够准确识别人的手臂动作。"张羽杰介绍说,"我们花了三周时间不断测试各种手臂动作,向人工智能大模型输入了大量的训练数据。"在看似枯燥的过程中,他们最终让机械臂实现了高准确率的动作跟随。之后,团队又紧锣密鼓地编写了程序控制代码,实现了机械臂中多电机的协调运作。

团队成员扎实的知识基础、巧妙的联想应用和艰辛的实验研发凝结成了性能优良的阻尼黏性电极和机械臂控制系统。面对即将到来的大赛,他们充满信心。

过程惊险刺激

"国赛"前夕,团队成员抵达东南大学无锡国际校区。考虑到温度、湿度等因素对呈现效果的影响,他们把电生理电极装进密封袋,刚到酒店就把设备放入冰箱保存。

在近六个月的比赛周期里,团队成员们一路过关斩将,经历校赛、省赛、华中赛区的比赛,在赛事的磨炼中不断优化产品、提高竞争力。在校赛结束后,团队成员根据评委老师的建议,将有线采集电路板改进成了更便捷的无线采集模式,通过蓝牙收集信号;华中赛区的评委则在展示方法上提出了宝贵意见,促使他们在答辩时更加注意自身作品与现有商业电极的性能对比,以突出产品优势。

"我们认为做的准备已经很全面了,但是到了'国赛'现场,发现还是有疏忽的地方。"段海洋说道。当他们将设备带到比赛场地时,发现所有团队的几百个设备没有隔离地摆放在一起,某些队伍的大型设备释放出的较强电磁波明显干扰了电极的稳定性,这对次日比赛的影响无疑是致命的。三人快速调试设备,迅速调整软件参数,试图将干扰程度降到最低。他们从上午抵达一直调整到下午三四点,问题才终于得到了比较完满的解决。"当时确实很紧张,我们都没顾上吃午饭。"毋紫桢谈及此,依然心有余悸。

2024 年 8 月 9 日,国赛正式开始。毋紫桢负责答辩,张羽杰负责动态心电监测展示(即把连接蓝牙的便携式心电监测装置贴在胸前,通过跑步、深蹲等不同的运动状态监测心率和心电图等信息),段海洋负责人机交互展示(即把电极贴在手臂上,控制机械臂的运动)。

正当一切有条不紊地进行时,段海洋突然感觉贴有电极的手臂被紧紧抓住。"我立马反应过来,这是评委想通过制造一些非正常的干扰来检验电极的抗干扰能力。"他意识到,只有表现得更加镇定,他们的产品才有可能获得更高的认可。几个测试动作完成后，紧抓的手终于松开。"总算顺利完成了！"段海洋松了一口气。在大约 16 ℃的比赛场地，他穿着单薄的短袖，衣背却被汗水浸湿。

克服了重重出乎意料的考验，他们终于共同为国赛画上了圆满的句点。"答辩结束的那一刻，心里像放下了一块大石头。"毋紫桢说。

"我们"是攻克难关的关键所在

科研的道路并不轻松，但勠力同心的干劲可以淡化其中的艰辛。"我们都抢活干、不推卸。"队长毋紫桢自豪地说。有时紧急任务下达，她会临时联系两位队员讨论问题，"即使偶尔讨论到凌晨两三点，我们也会保持很积极的状态"。

同时，他们也根据自身特长在团队中发挥独特作用。毋紫桢作为队长，兼具各方面的技术能力，善于沟通协调。张羽杰被封为"技术顾问"，他总能想出创新性的解决问题的方法，尤其擅长解决程序方面的问题，并且很有韧性，常常不把问题解决绝不罢休。段海洋认真乐观，在其他队员灰心时，他总会说很多鼓励的话，并把事情一点点做好。

"除了我们三个，老师们和师兄师姐的帮助也特别重要。"三位成员纷纷表示。作为整个团队的主心骨，物理学院教授毛彦超老师对项目进行了整体指导，平时一直跟进指导项目的进度和完成情况，这更为团队成员增添了信心。毋紫桢回忆："毛老师始终鼓励我们要对自己的项目保持热情，他的激励让我在答辩时更富有感染力。"物理学院副研究员朱鹏程老师也是一位"细节控"，他不仅在模拟答辩时提出诸多建议，对 PPT 上的字号和图标也会一一检查，力求在每个细节上尽善尽美。在科研之外，整个团队的氛围轻松愉悦，"导师们会带着我们一起聚餐，我们平常关系特别好"。

在比赛中，三位成员是一拍即合的搭档；在比赛之余，他们是志同道合的好友。"太巧了！我们的两次好消息都是一起在桥下收到的。"毋紫桢感慨道。夜晚的大桥灯光璀璨，成功的喜悦伴随着徐徐晚风镌刻进他们的心里。他们一起坐在桥下，畅谈过去、当下和未来。

图2 参赛师生合影

"如果可以,我们还想一起组队研究出更多成果!"三位成员共同道出了对未来的憧憬。这场比赛拓宽了他们产品设计的思路,磨砺了他们答辩展示的能力,也进一步加深了他们之间的默契。如今,他们已经开始进行下一步的课题研究。这片电极虽小,但已然成了他们科研之路上"一座重要的桥",走过这座"桥",他们将更勇敢坚定地奔赴前方的路。

(吕品涵 肖精琦 撰稿 图片来自受访者)

历时四个月，他们用汗水铸就辉煌

——记全国大学生环境资源模拟法庭大赛一等奖团队

"我们破纪录了！是全国亚军！"在模拟法庭决赛颁奖现场，郑州大学代表队紧紧靠在一起，相拥而泣。2024 年 11 月 9 日至 10 日，在上海举办的全国大学生环境资源模拟法庭大赛中，由法学院 2022 级于松、朱佳烁、秦春慧、钱佳佳、李曼玉、张珈畅及 2023 级郝文雅、马羚哲组成的郑州大学代表队荣获赛事一等奖，并获得全国亚军，打破学校有史以来的最高纪录。

图 1　郑州大学法学院代表队荣获一等奖，并获得全国亚军

全国大学生环境资源模拟法庭大赛自 2012 年起已举办十二届,是国内环境法领域最高层次的模拟法庭竞赛。自第一届起,郑州大学法学院就高度重视该竞赛,并连续十二年参赛。值得注意的是,模拟法庭大赛自 2023 年改制,增添了预赛,即文书竞赛,通过文书评比筛选大量队伍,最终决定现场参赛的队伍名单。现场比赛又分为四分之一决赛、半决赛和决赛,每一轮都经历严格的筛选,可谓竞争激烈。

并肩作战——团队精神是我们制胜的法宝

2024 年 7 月的一个夜晚,法学院图书馆研讨室灯火通明,一群人围坐在一起,各自聚精会神地盯着电脑,敲击着键盘。突然,一个声音打破了许久的安静:"我觉得刑事案件这部分与原材料不太匹配。"循着这句话,大家开始表达意见,提出自己的想法,他们把这个过程称为"集训"。

集训对训练的专业性和针对性提出很高要求。正值暑假,队员们本可以选择在家中进行线上备赛,但他们都选择留在学校,几乎每天都在一起线下讨论。初赛文书要求同时提交起诉状和答辩状,为了达到更好的效果,八位成员分成 A、B 两队,分别担任原告方和被告方的角色。对此,队长于松解释道:"我们主要关注法律的争议焦点,每位同学按组分工,针对具体的某个焦点进行研究,经小队交流并检查后,再互相检查对方的内容,最后会让大家全部熟悉一遍。"

由于队伍人数较多,意见分歧时有发生,但他们不会停滞在原地。相反,他们会同时保留两种思路或方案,结合主题要求和现有材料,经共同思考与讨论,最终敲定更可行的思路。经过一个多月的互帮互助、日夜努力,他们终于迎来了提交文书的日子。

"提交成功!"队员们围在同一台电脑前,不约而同地舒了一口气。郝文雅说:"一个月的努力凝聚在这个瞬间,提交成功的那一刻,我们悬着的心也终于放了下来。"

临危不惧——稳中求进是我们通关的秘籍

9 月初,赛事方公布了进入复赛的名单,郑州大学代表队位列其中。收获喜悦的同时,成员们迅速调整状态,改变前进的方向,将重心转向真实庭审的模拟和模辩。

复赛的庭审区别于法律辩论,不能包含过激的语言交锋和点对点的驳论。针对复赛环节的具体情况,团队指导老师梁增基邀请了河南不同地区拥有丰富实践经验的法官、检察官,请他们根据自己的工作经验和表达技巧为大家指点迷津。

11 月 9 日,伴随着紧锣密鼓的赛程安排,第一场比赛正式打响。面对中南财经政法大学复杂的发问,朱佳烁压力倍增。"公益诉讼起诉人对《民法典》1233 条存在理解错误,本案应适用《民法典》1172 条……"朱佳烁说着,中途停顿了一下,她捂着额头,头顶直冒汗。一旁的秦春慧及时察觉,迅速接住朱佳烁的发言,随即又补充了一些真实案例,在他们的相互配合下,队伍成功晋级。这一刻,团队的力量有了具象化的体现——无论赛场上情况多么危急,他们都不会陷入慌乱,因为他们坚信,稳中求进才是一路"过关斩将"的关键秘籍。

获得亚军不是终点,在这场模拟法庭大赛中,队员们不仅加强了对专业知识的理论学习,更锻炼了个人综合素质,相信未来的日子里,他们会继续迎难而上,不断挑战自我。

"比结果更重要的是我们的友谊"

小半年的朝夕相处,团队成员们相互了解,缔结了深厚的情谊。"队长和春慧是特别沉稳的人!""有曼玉和佳佳在我们就特别安心。""珈畅的自律可以感染我们每一个人。"大家争先恐后地表达对彼此的欣赏。

每天备赛结束后,大家会相约一起吃饭、唱歌,以此驱赶一天的疲惫。团队成员们在保证备赛工作按计划有序推进的同时,也充分平衡好比赛与生活的关系,"下班不聊上班的事"似乎成了团队成员中一条不成文的"规定"。"休息时间我们就不聊专业性的问题了,但是我们会畅想,畅想万一我们就晋级了呢？万一我们就赢了呢？"郝文雅笑着说。大家在轻松的氛围中为彼此加油鼓劲,并化愿景为动力付出加倍的努力,终于将畅想变为了现实——郑州大学代表队一路过关斩将,成功进入了总决赛。

如今,紧张的比赛周期告一段落,但团队相处过程中的点点滴滴已经深深印刻在了大家的心中。"那段时间真的很难忘,认识了很多有趣的人,我们为同一个目标而拼搏,最终收获了喜悦的果实!"秦春慧感叹道。

从陌生人到并肩作战的战友,一场比赛将八个人连接起来。赛场上相互支持、生活中互相欣赏,这段时光因彼此的陪伴而更加珍贵。于松说:"在这场比赛中,比结果更重要的是我们的友谊。比赛结束了,而我们的友谊未完待续。"

从初夏到深秋,八个人齐心协力、团结协作,共同刷新了郑州大学在"环境杯"比赛中的最好成绩。未来,成员们也将积极地把经验传授给下一届的同学们,争取让郑州大学在本项赛事中继续创造新的辉煌!

（方海鸣　吕欣怡　撰稿　图片来自受访者）

后　记

参与本书起草和修改的同志有：李艳丽、杨子涵、吴晨曦、王佳倪、姜明圆、羊琦、苏博媛、王一迪、杨逢雨、周子玉、严静然、冯靖航、邱从利、吕欣怡、成书丽、王含冰、赵北、和方远、魏沁雯、王婉君、吕品涵、蔡子慧、王仪文、熊佳、岁梦怡、吴慧、杜慧敏、赵至健、肖精琦、段智慧、王彦婷、李晔彤、李婧文、古丽孜巴、李晶、方海鸣、谭钧宇等。

孙保营、李海涛、李艳丽同志负责本书的筹划、起草、修订和统筹等工作。

本书编写过程中，学校党委高度重视，各相关单位给予大力协助，出版社编辑付出辛苦劳动，在此一并表示感谢！

《郑大故事》编委会
2025 年 3 月